가방에 담아요, 마음

가방에 담아요, 마음

초판 1쇄 발행 | 2017년 10월 25일
　　4쇄 발행 | 2019년 10월 20일
지은이 | 김혜진
펴낸이 | 최윤정
펴낸곳 | 바람의아이들
만든이 | 강지영 박한솔 김재이 강보람 양태종
등록 | 2003년 7월 11일 (제312-2003-38호)
주소 | 04001 서울시 마포구 동교로 17안길 43-4
전화 | (02)3142-0495 팩스 | (02)3142-0494
이메일 | windchild04@hanmail.net
제조국 | 한국
구독 연령 | 11세 이상

ⓒ 김혜진 2017

ISBN 979-11-6210-004-2 44800
　　978-89-90878-04-5 (세트)

「이 도서의 국립중앙도서관 출판예정도서목록(CIP)은 서지정보유통지원시스템 홈페이지(http://seoji.nl.go.kr)와 국가자료공동목록시스템(http://www.nl.go.kr/kolisnet)에서 이용하실 수 있습니다.(CIP제어번호:2017023402)」

가방에 담아요, 마음

김혜진 단편집

바람의아이들

차례

예를 들면

세 가지

소원

첫 번째 소원, 대학이라도 가고 싶다.

　나오는 건 한숨이요, 보이는 건 돈지랄의 결과물이로다.

　독서실 책상 위에는 빳빳한 문제집들이 쌓여 있고, 인터넷 강의를 봐야 한다는 명목 하에 누나에게 얻은 중고 노트북이 있다. 사실 그렇게 낡지도 않았다. 게임을 돌릴 수도 있겠지만, 솔직히 게임 할 마음도 안 든다.

　시간 낭비. 돈 낭비. 머릿속에 글자들이 번쩍인다. 포기는 배추 셀 때나 하는 말, 이라든가 엄마가 보고 있다, 하는 좌우명 써 놓고 죽자 살자 파고들어도 모자랄 판에 그런 말이 왜 먼저 떠오르나.

　- 대학? 무슨 대학? 가서 뭐 하게?

엄마 아빠 반응은 솔직히 좀 상처였다. 인문계 고3이 대학 준비하겠다는 게 그리 놀랄 일인가. 잘 생각했다며 도와줘도 모자랄 판에, 대학 가서 뭐할 건지부터 묻는 건 완전 초치는 일 아닌가.

집에선 도움 되는 사람이 없다. 열 살 많은 형은 군대 갔다 오더니 대학 다녀 봤자 소용없다며 때려치웠다. 그러곤 외할머니 족발 가게 일을 돕다가 아예 그걸 이어받은 게 6년 전이다. 무슨 수를 쓴 건지 대박이 나서 텔레비전에 나오기까지 했고, 요즘은 분점 낸다고 바쁘다.

여덟 살 위 누나는 애니메이션을 하겠다고 특성화고등학교에 갔는데 적성에 안 맞는다고 중간에 그만뒀다. 어영부영 천덕꾸러기로 지내더니, 자기 사는 일상을 가지고 웹툰 그린 게 희한하게 잘 풀렸다. 지금은 어엿하게 이름 걸고 포털 사이트에서 연재도 하고 있다.

그러고 나니 우리 집은 대학에 대한 환상이 없어졌다.

원래 우리 형제들이 친척 통틀어서 제일 공부를 못했단 말이다. 사촌 형 누나들은 우리가 꿈도 못 꿀 좋은 대학을 갔지만 아직 취준생이거나 공무원 시험 준비 중이다. 엄마 아빠 콧대가 높아진 건 당연지사다. 그러다 사촌 형 누나들이 공무원 되고 대기업 가고 그러면 또 기죽을 텐데 지금 그렇게 으쓱거릴 건 없지 않나 싶다.

— 너도 그냥 형 가게 가서 일하면서 배워라. 요즘 같은 세상에

무슨 대학이냐. 대학 가 봤자 청년 실업자 된다.

아빠는 아예 말이 안 통하고.

– 학비 낼 돈을 빌려줄 테니 그걸로 창업을 해 보면 어때? 뭐 해 보고 싶은 거 있어?

형은 창업 같은 소리나 하고 있다.

솔직히 여태 편히 살긴 했다. 누나처럼, 형처럼 하면 하지, 그런 마음도 있었다. 그러나 고2가 끝나고 정신차려 보니 나는 이도저도 아닌 어정쩡한 상태가 되어 있었다.

그제야 뭘 할 수 있는지 꼽아 보았다. 답이 안 나왔다. 하고 싶은 일도 딱히 없고 잘 하는 것도 없다. 어떻게 형은, 누나는 자기가 할 만한 일을 찾아낸 것일까.

– 빨리 결정할 거 뭐 있니. 인생 길어, 백 세 시대야.

엄마는 말하지만 어찌 된 게 주변에 그렇게 느긋한 사람은 아무도 없다.

뭘 할지 몰라서 대학이라도 가려는 건데. 사실 이런 생각을 하는 내가 한심한 건 나도 마찬가지이다.

에이, 됐다. 생각할수록 머리 아플 뿐이다. 가방에서 휴지에 싸온 담배를 꺼냈다. 누나 가방에서 빼돌린 거였다. 덤벙거리고 정리 못하는 성격이라 알아챌 리 없다. 누나는 자기가 담배 피우는 걸 엄마가 모르는 줄 아나 본데, 엄마도 다 안다. 모르는 척해 주는 거지.

솔직히 담배가 막 피우고 싶은 건 아니었다. 그냥, 답답한데 할 수 있는 건 없어서.

어디가 흡연 구역이려나, 대충 옥상이겠지 싶어 핸드폰을 챙겨 들고 계단으로 향했다.

그러니까-

운명이었다고 생각한다.

담배 피러 나간 독서실 옥상에서 그 앨 봤다. 자잘한 꽃무늬 원 피스에 하얀 카디건을 입고, 쭈그리고 앉아 담배를 피우고 있었 다. 앞머리 없이 옆으로 넘긴 머리는 등을 다 덮을 정도로 길었고, 날이 아직 추운데 맨다리에 삼선 슬리퍼를 신고 있었다.

나랑 눈이 마주쳤는데 움찔도 하지 않았다. 내가 먼저 멋쩍어져 눈을 돌렸다. 담배를 꺼내며 곁눈질했다. 멍하게 하늘을 올려다보 는 눈. 속눈썹이 엄청 길었다. 그 애 입술에서 담배 연기가 흘러나 오는 게 슬로우 모션으로 보였다.

담배 연기를 한 모금 들이키는데, 갑자기 심장이 터질 듯 뛰기 시작했다. 이거 니코틴 쇼크 아냐? 숨을 잘못 들이마셔서 기침까 지 미친 듯이 튀어나왔다. 눈물 콧물 다 빼고 있는데,

"괜찮아요?"

12

내 눈 앞에 곱게 접힌 휴지 몇 장이 들이밀어졌다.

그걸로 얼굴을 대충 수습했다. 창피해 미쳐 버릴 것 같았지만 고맙다는 말은 해야겠다 싶어 고개를 들었는데, 눈이 마주쳤다. 빠르게 뛰던 심장이 딱 멈췄다. 까만 눈동자. 그리고 담배 향이 섞인 달콤한 향기. 헉, 숨을 들이마시는데 다시 기침이 시작되었다. 콜록, 콜록콜록…… 휴지로 얼굴을 짓누르며 생각했다. 망했다. 이건 진짜다.

그러니까, 첫눈에 반한 거다.

재수생인가? 아니면 공무원 준비하나? 아니야, 어려 보였다. 고등학생 같았는데. 그런 것치고는 너무 당당하게 담배를 피우고 있긴 했다.

그 뒤로 옥상에서 계속 마주쳤다. 우연이라고는 차마 말 못하겠다. 처음 봤던 시간 즈음으로 해서 매일 같이 이십 분에 한 번씩 옥상에 올라가 얻어낸 성과였다.

표까지 만들어가며 분석한 결과, 그 애는 6시쯤 옥상에 올라왔다. 보통은 저녁 먹고 8시쯤이나, 한창 졸릴 10시에 옥상이 흡연자들로 붐비는 것과는 달랐다.

나이가 궁금했는데, 독서실 복도에서 스치듯 지나칠 때 보니 교복을 입고 있었다. 역시 고등학생이었다.

"모르는 애한테 말 걸려면 어떻게 해야 하냐."

그냥 해 본 말이었다. 내 모니터 화면은 멈춘 지 오래였다. 아까까지는 욕하면서 같이 플레이하던 친구도 지금은 다른 애랑 편 먹고 게임 삼매경이었다. 혼잣말 한 건데 귀신 같이 알아듣고 되물었다.

"그런 건 왜 물어봐. 너 누구 좋아하는 애 생겼냐?"

"그런 거 아니야, 병신아!"

눈치는 더럽게 없는 주제에 이럴 때만 잘 끼워 맞춘다. 친구는 좀비를 연달아 세 마리 잡더니 눈도 안 돌리고 말했다.

"공통점을 찾아서 대화를 이끌어내야지."

"어떤 공통점……?"

"이 새끼 꼴통인 거 티 내냐. 무슨 음악 좋아하냐, 나도 그거 좋아한다, 하다못해 너 그거 어디서 샀냐, 이런 거 물어볼 수 있잖아."

그 애와 나의 공통점. 독서실. 공부 잘하고 있는지 물어보라고? 그건 좀.

불현듯 떠오르는 하나. 담배.

"그, 담배 어디서 사?"

그 애는 놀란 얼굴로 날 올려다보았다. 그 모습이 무지막지하게 귀여웠다. 대답을 바로 안 해서 실수했나 싶었다.

"아니, 그, 고등학생 아니……세요?"

재수생 누나였나? 그때 그게 교복이 아니라 사복이었나?

"고등학생 맞아. 담배는, 집에서 가져오는데."

그 애가 말했다. 목소리는 낮은 편이었고, 그런데 맑았다.

"아…… 네."

무슨 소린지 못 알아들은 주제에 고개만 열심히 끄덕였다. 집이 편의점하나? 담배 가게?

그 애가 픽 웃었다. 날 보고 웃었다!

친구의 충고는 욕 먹어 가며 들을 만한 가치가 있었다. 그러고도 남았다. 그날은 그 정도로 말하고 끝이었지만, 그 뒤로는 볼 때마다 인사할 수 있게 되었고, 세 번째 마주쳤을 때는 통성명도 했다.

그 애의 이름은 지효. 나처럼 고등학교 3학년이었다. 뭐라도 알아내려고 페북을 뒤졌지만 안 하는지 찾질 못했다. 우연히 만나서 얘기하는 게, 내가 그 애에 대해 알아낼 수 있는 유일한 수단이었다.

그 우연을 만들어내기 위해 나는 독서실보다 복도와 계단과 옥상에서 더 많이 시간을 보냈고, 대화를 이어가기 위해 우리의 공통점을 둘러싼 온갖 얘기를 생각해냈다. 그러니까, 담배 얘기를.

내가 누나 담배 훔치다 걸린 얘기를 들려주었을 때 지효는 박

장대소하고 웃었다. 그 웃음 하나에, 영어 듣기를 반 이상 맞췄을 때보다 더한 환희가 찾아왔다.

"난 우리 아빠가 완전 골초라서 집에 보루로 막 쌓아 놓거든. 한두 갑 빼는 건 티도 안 나. 필요하면 아빠 방에 가서 그냥 가지고 나오면 돼."

"완전 좋겠다. 나는 담배 사다 달라고 우리 반 애한테 이천 원씩 더 얹어 주는데."

반은 거짓말이었다. 형 민증을 빼돌려서 편하게 담배 사다 파는 놈이 하나 있긴 했는데 나는 걔한테 사 본 적은 없었다. 사서 필만큼 피우지도 않았으니까.

지효는 고개를 갸웃 하더니, 나한테 살래? 하고 물었다. 웃돈은 받지 않겠다면서.

"진짜?"

지효가 두 배로 판다고 해도 좋다고 했을 거다. 우연히 마주치도록 애쓸 필요 없이 연락해서 만날 수 있는, 더할 나위 없는 기회였다. 우리는 연락처도 주고받았다. 아, 담배 피우길 정말 잘했지!

지효가 갖다 준 건 내가 피워 봤던 것보다 훨씬 독한 담배였다. 하지만 그런 약한 소리는 절대 할 수 없었다. 꾹 참고 불을 붙였다. 매캐하고 쓴 연기. 참아야 한다. 이건, 어쩌면 사랑의 맛.

16

두 번째 소원, 널 알고 싶어. 친해지고 싶고, 자주 보고 싶고, 그리고.

지효는 하루 한 갑은 피우는 거 같았다. 처음엔 지효 속도에 따라가려고 계속 피웠다가 굴뚝 되는 기분이라 포기했다.

하지만 담배만 빼면 지효는 꽤나 건강한 생활을 했다. 패스트푸드도 안 좋아하고 때 맞춰 밥을 먹고 커피나 탄산음료도 안 마셨다.

그러니까 우리는, 같이 밥도 먹는 사이가 되었다. 주말 저녁이면 자연스럽게 복도에서 만나 식당가로 나갔다. 나는 같이 독서실을 다니던 친구 녀석을 미련 없이 버렸다. 지효는 원래 혼자 밥을 먹었다고 했다.

듣고 보니 지효는 집과 학교도 이쪽이 아니었다.

"아는 애들 없는 게 집중하기 좋잖아."

그래서 지효는 자전거를 타고 다녔다. 지효가 훌쩍 자전거에 올라타 시원스럽게 앞으로 달려 나가면, 그 뒷모습이 사라질 때까지 지켜보다가 눈물을 머금고 버스 정류장으로 갔다. 일곱 살 때 형한테 자전거를 배우다 과일 가게로 돌진했던 후로 자전거와는 연을 끊고 살았단 말이다. 어쨌든 자전거를 못 탄다는 말은 죽어도 하지 않을 작정이었다.

지효는 자주 사진을 찍었다. 남들처럼 음식 사진이나 셀카는 아니었다. 뜬금없는 순간에 스마트폰을 꺼내 찰칵.

물탱크 옆에 서서, 담배를 입에 문 채로 하늘 사진을 찍는 지효를 넋 놓고 봤다. 머리카락이 바람에 흔들리고 담배 연기가 후광처럼 머리를 감쌌다.

"뭐 찍었는데?"

"뭐…… 그냥. 기록."

지효는 페북은 안 하지만 일기처럼 쓴다는 인스타그램 비공개 계정이 있었다.

"봐도 돼……?"

조마조마했는데, 지효는 선뜻 폰을 건넸다.

실망스럽게도 셀카는 없었다. 뭘 찍었는지 알 수 없는 풍경 같은 사진들이 전부였다. 일기라지만 글은 없고 이모티콘만 덧붙여 있었다. 무지개, 해골, 고양이……. 이모티콘을 해석하면 지효를 더 알 수 있을까. 그러다 팔로워 숫자를 봤다. 딱 열다섯. 나는 내가 포함되지 않은 그 열다섯 명의 정체를 궁금해 하고, 질투했다. 내가 팔로우 신청하면 받아 줄까? 집착하는 것처럼 보일까봐 차마 하지 못했다.

한번은, 저녁으로 분식을 먹는데 지효가 날 찍었다.

"잠깐, 그냥 먹어 봐."

간질간질한 기분을 숨기고 후루룩 라면을 흡입하는데, 찰칵 소리가 났다. 입에 면발을 문 채로 고개를 들었더니 네모난 스마트폰 아래로 입 꼬리가 올라간 지효의 입이 보였다.

"뭐 찍는데."

대답은 하지 않고, 지효는 크게 웃었다. 정말 경쾌한 웃음소리였다. 녹음해서 알림으로 해 놓으면 아침마다 눈이 번쩍 뜨일 텐데.

그래서 내가 들어간 사진이 지효의 계정에 올라갔을까는, 비공개로 되어 있으니 나로선 알 리가 없다.

오답 노트만큼, 아니 그보다 더 열심히 나는 마음 속 노트에 지효에 대한 것들을 기록했다. 지효가 하는 말, 행동, 작은 손놀림이나 말 사이의 숨은 한숨까지. 내가 무슨 말을 하고 무슨 행동을 했는지는 하나도 기억이 안 났다. 집에 돌아와 누워 하루를 돌이키다 보면 도대체 내가 무슨 말을 했기에 지효가 웃었을까, 그게 기억이 안 나 발을 굴렀다.

지효에게서는 언제나 달콤한 향기가 났다. 딸기나 포도나 사과 같은, 내가 아는 것과는 차원이 다른 냄새였다. 그러다가 누나가 새 샴푸를 사왔다며 절대 쓰지 말라고 보여 주는데 그 향기가 풍겨 왔다.

"이거! 이거 무슨 향인데!"

나중에 조용히 확인하면 될 것을 너무 흥분해서 말이 나왔다. 아, 망했다. 누나가 눈을 번뜩였다.

"너 뭐 있지? 뭐냐? 여자냐? 이게 대학 간다고 뻐길 때는 언제고, 공부 대신 연애 하냐? 뭐야, 학원에서 만난 애야?"

"아, 그런 거 아니거든!"

"좋은 말로 할 때 말해라, 서동혁."

괜히 말했다가 웹툰 소재로 털릴 가능성 100프로다. 절대 말할 수 없다. 누나는 눈을 가늘게 뜨더니 물었다.

"……너 담배 피지?"

전혀 상상 못했던 공격이 들어와서 표정 관리를 못했다. 어? 어?

"딱 걸렸어, 내가 너 이럴 줄 알았다. 요즘 담배가 쑥쑥 줄어드는 거 다 알고 있었다고."

누나가 의기양양하게 말했다. 에, 뭐야. 그냥 찔러 보는 거였네. 기분이 침착해졌다.

"나 누나 담배 가져간 적 없는데? 아니, 누나한테 담배가 있어? 왜? 누나 요즘 담배 안 피잖아."

누나 얼굴이 썩어 들어간다. 이거 하나는 당당했다. 난 누나 담배 안 훔치니까!

"엄마한텐 말 안 할게. 그 샴푸 잠깐 줘 봐."

이름도 어려운, 모링가 향이었다. 거기에 담배 냄새를 섞으면 백퍼센트. 그렇게 지효 핵심 정리 노트에 한 줄이 더 늘어나고.

벚꽃이 지고, 장마가 끝나고 더위가 찾아올 동안 우리는 밥을 같이 먹고 담배를 피웠다. 이야기도 많이 했다.

"이번에, 성적 잘 나왔어?"

모의고사 성적이 나온 다음 날에도 밥을 같이 먹었다. 지효는 느릿하게 입을 열었다.

"일…… 삼…… 육, 일, 일."

잘못 들은 줄 알았다. 일단 1이 너무 많잖아! 공부 잘하네……. 그런데 뭐가 6이라고?

"영어. 영어 진짜 싫다."

국어 1등급, 수학 3등급, 영어 6등급, 사탐 둘 다 1등급? 갑자기 내 성적이 너무 초라하게 느껴졌다. 다행히 지효는 내게 성적을 물어보지는 않았다.

"문과는 영어 안 보는데 없을 텐데……."

"그래서 문제야."

지효는 한숨을 쉬면서 다시 담배를 한 개비 더 꺼냈다. 나도 속이 쓰린 걸 꾹 참고 담배를 물었다.

영어 진짜 싫은가 보다. 그런 데서도 지효가 어떤 사람인지가 읽혔다. 하기 싫은 건 절대 못하는 성격. 그게 좋았다. 나랑 밥 먹는 것과 이야기하는 게 조금이라도 싫었다면 절대 안 그럴 테니까.

지효는 그 성적이면 어쨌든 인 서울 할 거다. 지망하는 대학은 어딜까? 수시 준비하고 있겠지? 내가 갈 수 있는 대학일까? 대학과 과의 이름이 빼곡하게 들어찬 종이를 앞에 두고 여기 어딘가에 내 자리가 있을까를 가늠해 보았다.

"대학은, 서울로 가고 싶은데."

정말 어렵게 꺼낸 말이었다. 엄마는 빨래를 개면서 내 쪽은 쳐다보지도 않고 말했다.

"국립대 아니면 못 보낸다. 엄만 분명히 말했어."

"돈 없는 것도 아니면서! 내가 학자금 대출 받을 거야!"

억울한 마음에 목소리를 높였다가 누나한테 등짝을 한 대 맞았다.

"엄마한테 무슨 돈 맡겨 놨어? 대출이 뭐 동네 가게 외상 다는 건 줄 알아? 평생 빚지고 살래? 야, 그리고 학비 말고 집은 어쩌고 생활비는 어쩔래?"

나도 현실이 그렇다는 건 안다. 애초에 대학 가는 생각부터가 비현실적이다. 하지만 내가 대학 갈 생각을 안 했더라면 독서실도 안 갔을 거고, 담배도 안 피웠을 거고 흡연실을 찾아 옥상에 올라가지도 않았을 거고, 지효를 만나지도 못했을 거다.

그러니 내 선택은 잘못된 게 아니다.

"잘 하고 있는 건 맞냐."

한 대 쳐 놓고 미안했는지 누나가 슬쩍 방에 들어왔다. 괜히 폼을 잡고 바닥에 앉아서 주절주절 말을 늘어놓았다.

"동혁이 넌, 뭐든 대충하잖아. 뭐랄까, 딱히 좋아하는 게 없어 보인달까? 뭘 해도, 누가 그만하라고 하면 그냥 그만둘 분위기? 그래서 좀 걱정될 때도 있지만…… 뭐."

"그래서 하고 싶은 말이 뭔데?"

누나는 멍하니 자기 손을 내려다보더니 갑자기 바지 주머니에서 담배를 꺼냈다.

"피울래? 엄마한테 말 안 할게."

"미쳤냐? 방에 냄새 밴다고."

지효와 있을 때 피우는 걸로 족하다. 누나한테까지 내 폐를 할애할 생각은 없다.

"에이씨, 나도 끊어야 하는데. 하, 창작의 고통이 장난이 아니네. 동혁아, 누나가 인생의 선배로서 중요한 거 하나 알려 줄게. 하고 싶은 일을 하고 산다고 행복한 건 아니다."

자기는 지금 하고 싶은 일하며 산다고 폼 잡는 건가. 하고 싶은

게 뭔지도 모르겠는 사람 앞에서 할 말이냐, 저게.

"누나도 잘 모르겠는데, 행복은 좀 더 순간적인 거 같아. 그래서 우리 동혁이 요즘 행복하니?"

"미쳤냐, 진짜."

갑자기 터져나온 웃음을 참으려고 혀를 깨물어야 했다. 누나 말이 웃겨서가 아니라, 내가 정말로 행복하다는 것을 깨달아서. 성적은 오를 기미가 없고 결정된 건 하나도 없는데도, 지금의 나는 확실히 행복했다.

행복하긴 한데 담배가 문제였다.

한두 개피 빼고 남은 담뱃갑들이 독서실 사물함을 채웠다. 솔직히 담뱃값 부담이 컸다. 남은 담배를 다시 친구들에게 팔까도 생각해 봤는데 지효를 끼고 장사하는 기분이 들어서 관뒀다. 실은 지금도 그렇게 하고 있는 거다. 나중에, 지효네 아버지가 알게 되면 큰일이 될 수도 있다. 하지만 그만 줘도 된다고 말했다간 우리 사이의 연결 고리가 끊어져 버리진 않을까 걱정이 되었다. 그냥 나도, 지효도 안 피웠으면 좋겠는데.

은근 슬쩍 언제부터 피웠냐고 묻자, 지효는 가볍게 대답했다.

"중3 때 처음 펴 봤는데……. 그때는 장난이었고. 진짜 좀 피우게 된 건 고1 끝날 때 쯤."

"어쩌다가?"

꼬치꼬치 캐묻는 것처럼 느껴지지 않기를 바라면서 물어봤다.

"내가…… 사람 많은 데를 잘 못 가거든? 다른 사람이 몸에 닿는 걸 너무 싫어해서. 막 소름 돋고 그러는 거 있잖아. 그게, 가끔은 사람이 없어도 그런 느낌이 들 때가 있어. 근데 담배를 피우면 그 느낌이 좀 사라져. 그래서 계속 피우게 됐던 거 같아."

지효는 자전거 타고 다니는 것도 그래서라고 말해 주었다. 버스나 지하철을 못타니까 꽤 먼 거리도 자전거로 다닌다고 했다.

"그래도 나 진짜 많이 나아진 거야. 독서실 다닐 정도가 되었으니까."

손잡는 것도 못해서 엄마랑도 손을 안 잡고, 미용실을 못가서 머리카락도 집에서 직접 자르고, 급식실에 못가서 도시락을 싸가지고 다니고. 지효는 조용조용 말했다. 워낙 느긋하게 말해서 평범한 일들처럼 느껴졌다.

말끝에, 지효가 물었다. 뜬금없는 질문이었다.

"그래도 괜찮겠어?"

"뭐가?"

얼떨떨하게 되묻자 지효는 빙긋 웃었다. 장난스러운 미소였다. 머릿속에 물음표로 꽉 찼다. 대답 대신 짓는 미소가 의미하는 것은 무엇인가? 그래도, 라는 접속사에 담긴 뜻은 무엇인가? 괜찮겠

냐는 질문에 대한 반응으로 옳은 것을 고르시오. 일. 괜찮음의 주체가 뭔지를 물어본다. 이. 괜찮지 않으면 어떻게 되는 건지 알아본다. 삼. 무조건 괜찮다고 대답한다…….

이래서 언어 영역을 배우는 거구나. 작가의 의도와 해석에 대한 문제들을 풀어야 하는 이유를 알았다. 그 짧은 말 한마디에 담을 수 있는 게 저렇게나 많은 걸.

세 번째 소원, 미래는 모르겠지만, 일단 담배는 끊자.

수능 백일에도 나는 지효와 함께 있었다. 늘 가는 독서실 앞 가게들 말고, 한 십오 분 걸어야 하는 큰길 건너 냉면집까지 갔다. 자꾸 친구들에게서 연락이 오는 건 싹 다 무시했다.

냉면집에서 나와서는 아이스크림을 샀다. 여름 날 저녁, 다 태워버릴 기세의 해는 건물 뒤로 내려앉았고, 공기는 아직 뜨겁고, 어딘가에서 경쾌한 음악이 나왔다. 한 없이 들뜨는 기분이었다.

지효는 요즘 자주 입는 민소매 원피스를 입고 있었다. 머리는 하나로 올려 묶고, 한 손에는 아이스크림 들고, 어디선가 들려온 음악에 맞춰 고개를 까딱거리면서 걸었다. 심장이 다 아팠다. 진짜 진짜 진짜, 사랑스러웠다. 이런 걸 사랑스럽다고 말하지 못한다면 세상에 정의란 없다 싶도록.

지효가 날 돌아봤다. 눈을 돌리는 것도 까먹고 그냥 마주 보았다.

"아…… 담배 피고 싶다."

와장창. 분위기 깨는 저 한 마디.

우리는 흡연 구역을 찾아 헤맸다. 겨우 찾아낸 곳은 빌딩 뒤 주차장 구석이었다. 흡연 구역의 비공식 징표인, 꽁초가 담긴 빈 통조림 캔이 시멘트 바닥에 놓여 있었다. 우리는 더운 바람을 뿜어내는 실외기와 혹시나 있을 지 모를 눈길들을 피해 그 구석에서도 더 구석에 섰다.

나도 담배를 물었다. 지효가 피우니까. 몇 모금 빨다 말았다. 너무 더워서 별로 피우고 싶지 않았다. 쪼그리고 앉아 나뭇가지로 갈라진 바닥 사이의 흙을 팠다.

"100일 남았다네."

지효가 남 얘기하듯 말을 꺼냈다.

"그렇대."

나도 꼭 그렇게 답했다.

수능 백 일, 내가 지효를 볼 수 있는 시간. 이후에는 어떻게 되는 걸까?

됐다. 그냥, 지금으로도 충분히 행복하지 않은가. 사귄다고 말은 안 했지만 고3인 주제에 좋아하는 여자애랑 같이 밥도 먹고, 산책도 하고, 담배도…… 아.

문득 지효의 입술이 눈에 들어왔다. 너무 강력했다. 순간 우울했던 기분이 싹 증발했다. 담배를 물고 있는 저 입술이 내게 닿으면 어떨까. 눈을 떼기 위해 정말 온갖 노력을 기울여야 했다.

문득, 지효가 말했다.

"세 가지 소원 얘기 알지?"

"뭐지? 요정이 소원 들어주는 거? 그, 램프의 요정이었나?"

"그건 알라딘의 요술 램프고. 세 가지 소원은, 요정이 세 개 소원 들어주겠다고 하는 거야. 그래서 남편이랑 아내가 오래 고민을 하거든? 소원이 세 개나 되니까 알차게 쓸 수 있을 거 같잖아. 근데 고민을 하다보니까 배가 고팠나봐. 남편이 소시지 좀 먹고 싶네, 그렇게 중얼거렸더니 하늘에서 소시지가 뚝 떨어진 거야. 소원을 하나 써 버린 거지."

"헐."

나도 모르게 추임새를 넣었더니 지효가 귀여워, 하고 웃으며 내 머리카락을 만졌다. 헉. 침을 꼴깍.

"아내가 너무 화가 나서, 그놈의 소시지 코에나 붙어 버리라고 소리를 질렀는데, 이번엔 그 소시지가 남편 코에 딱 붙었대. 두 번째 소원을 그렇게 쓴 거야. 아무리 떼려고 애써도 떼어지지 않아서 어쩔 수 없이 마지막 소원을 썼대."

"……소시지 떨어지게 해 달라고?"

"그래서 결국, 세 가지 소원을 다 쓰고 소시지 하나 남은 거야."

세 가지 소원을 그렇게 허무하게 써 버리다니. 그 부부는 바로 이혼하지 않았을까.

"넌 뭘 빌 거야? 세 가지 소원."

지효가 물었다.

"글쎄…… 뭐, 돈이나…… 집? 아니다, 세계 평화. 가족들이 건강하면 좋겠고. 맞다, 두 개 빈 다음에, 세 번째 소원으로 소원 세 개를 더 들어 달라고 하는 거야, 또 두 개 더 빌고, 마지막 소원도 똑같이. 그럼 계속 빌 수 있는 거지!"

나도 모르게 흥분해서 목소리를 높였다가, 지효가 깔깔 웃는 바람에 멈췄다. 아, 멍청해 보였겠다. 그래도 상관없다, 지효가 웃는다면.

지효가 말했다.

"어릴 때부터 세 가지 소원이 생기면 뭘 빌지 상상 많이 해 봤는데, 정하질 못하겠더라고. 돈이 많이 있으면 행복할까? 로또 된 다음에 인생이 망가진 사람도 많다잖아. 좋으라고 빈 소원들이 언제나 나쁜 걸 끌고 들어오지. 결국은 아무 소원도 빌지 않는 게 낫지 않을까 싶어져."

지효의 생각을 알 수 있었다. 까딱 잘못했다가, 그 소원 수습하는 데 나머지 소원을 다 써버릴 수도 있겠지. 그러니 첫 소원을 잘 정하는 게 얼마나 중요한가.

"시시하지? 기껏 소원을 빌 수 있어도 대단한 거 하나 못 빌고. 차라리 소시지가 낫겠다 싶다니까."

"나비 효과 같은 거."

불쑥 생각이 났다.

"지금은 사소해 보이는 게 엄청난 결과를 가져오는 거잖아. 물론, 기나긴 과정을 거쳐서. 그러니까 아무리 작은 소원이라도 시시한 게 아니야."

내 말에 지효가 눈을 동그랗게 떴다가 팡 터지듯 웃었다. 담배 연기가 퐁퐁 날렸다.

"그런 거 괜찮다. 나비의 날갯짓 같은 소원."

"그러니까 소시지도 괜찮다고. 어쨌거나 엄청 맛있는 소시지였을 거 아냐?"

"말하니까 소시지 먹고 싶다."

수습 못할 정도로 큰 소원 말고, 막 달려가는 거 말고, 한 발짝 천천히 떼는 것. 언제든 뒷걸음질 칠 수 있게 살살. 그렇게 해도 언젠가는 성큼 저 앞에 가 있게 될 거야.

나는, 이미 소원을 빌었던 것 같다. 그리고, 이루고 있었던 것 같다. 그러니까 한번 걸어볼까.

"생각났어, 사소한 소원 하나."

"뭔데?"

지효가 물었다. 엄청 조마조마하면서 말했다.

"어…… 담배 끊는 거."

"그래?"

지효는 눈썹을 올렸다.

"그게, 건강에도 안 좋고, 음, 머리도 나빠지잖아."

횡설수설했다. 야, 그걸 몰라서 지금까지 폈냐? 그럼 지금 지효가 건강도 나쁘고 머리도 나쁘다 그렇게 말하는 거랑 뭐가 다르냐? 머리가 핑핑 돌았다. 아, 망했다. 이렇게 말하지 말 걸.

너무 머리가 복잡해서 미친 소리가 나왔다.

"키스할 때 담배 맛 나면 어떻게 해."

야! 너 진짜 미쳤냐! 접시 물에 코 박고 죽고 싶었다.

침묵이 길어졌다. 지효가 더 말을 안 하면, 다시 못 볼 각오하고 뛰어가 버리려고 했다. 사물함 짐도 갖다 버리든 말든 하라고 하고, 수능도 안 보고, 형네 가게 들어가서 일하다가…….

"나도 끊을까."

지효가 중얼거렸다. 끝 간 데 없이 부풀던 생각이 사르르 가라앉았다. 멍하니 말했다.

"넌 끊기 힘들 텐데."

"넌 쉽고?"

장난스러운 목소리. 아니, 그게 아닌데.

지효는 담배꽁초를 바닥에 문질러 끄고 깡통 속에 집어넣었다. 그러더니, 그 손을 손수건으로 닦고는 내게 내밀었다.

"손잡아 볼래?"

"그래도 돼?"

온갖 감정이 들었다 사라졌다. 엄마랑도 손 안 잡는다더니 괜찮을까. 지효가 내 손을 잡았다가 역시 진짜 싫다고 느끼면 어쩌지. 이왕 손잡을 거면 시원한 데서 잡을 걸. 땀이 났을 텐데······.

손을 잡은 게 아니라 크기를 비교하듯 맞대었다. 여기서 더 나아가야 하나? 손을 잡을까? 깍지를 낄까? 망설이고 있는데, 지효가 내 쪽으로 몸을 기울였다.

가만히 입술이 닿았다 떨어졌다. 부드럽고 따스했다. 인두로 지진 것처럼 활활 타오르는 흔적이 내 입술에 남았다. 말도 안 된다. 방금 일어난 일을 믿을 수가 없었다.

지효가 물었다.

"어때, 담배 맛이야?"

"······잘 모르겠어."

맛은 무슨, 그걸 느낄 정도로, 그러니까, 충분히 하지도 못했

32

는데.

"흠. 그래?"

지효는 하나도 떨리지 않아 보였다. 정말 무슨 실험 대상으로 날 생각한 거 같잖아. 이게 뭐냐고. 머릿속이 팽팽 돌았다.

"아니, 이런 건 좀, 우리가, 그러니까, 이런 사이야?"

"어? 그럼 무슨 사이인데?"

지효는 태연하게 물었다.

"이런 거 할 사이는 아니잖아……. 아니, 싫다는 게 아니라, "

"그럼 무슨 사이 하고 싶은데?"

지효는 날 놀리는 것처럼 웃고 있었다.

"우와. 진짜 나빴다. 너, 너 진짜……."

솔직히, 난 그때 울 수도 있었다. 너무 억울하고, 서러워서, 아직 한참을 더 품고 있어야 할 줄 알았던 말이 나왔다.

"내가, 진짜 너 좋아하거든."

지효는 가만히 눈을 감았다 떴다. 그러곤 말했다.

"진짜 담배 끊어야겠네."

맹세컨대, 그 순간에 난, 담배를 포함해 게임과 축구와 인터넷까지 다 끊으래도 그렇게 할 수 있었다. 남은 백일 동안 동굴에 들어가 쑥만 먹으래도 할 수 있었다.

미래 따위는 상관없어. 봐, 벌써 소원이 이뤄지고 있잖아. 그러

니까 우리 아주 시시하게, 뭐 대단한 일 하지 말고, 그냥, 같이 있
자. 지금처럼.

혼돈의

일곱 번째

구멍

남해의 임금을 숙(儵)이라 하고, 북해의 임금을 홀(忽)이라 하며, 중앙의 임금을 혼돈(混沌)이라 한다. 숙과 홀이 때마침 혼돈의 땅에서 만났는데, 혼돈이 매우 융숭하게 그들을 대접했으므로, 숙과 홀은 혼돈의 은혜에 보답할 의논을 했다.

"사람은 누구나 일곱 구멍이 있어서 그것으로 보고 듣고 먹고 숨쉬는데 이 혼돈에게만 없다. 어디 시험 삼아 구멍을 뚫어주자."

날마다 한 구멍씩 뚫었는데, 7일이 지나자 혼돈은 죽고 말았다.

－『장자』, 「응제왕」 편에서

구멍을 뚫지 않았어야 했다고 찬영은 썼다. 혼돈이 보게 되고 듣게 되고 숨 쉬게 되자, 그리하여 알게 되고 깨닫게 되고 변화하게 되자, 혼돈은 죽어 버렸다. 혼돈이 죽은 자리에 무엇인가 탄생했겠지만 그것은 파악되지 않고, 잴 수 없으며, 스스로를 보호하려 애쓸 필요도 없는 무엇은 아니었다.

찬영이 원하는 것은 혼돈이었다. 보지 않고 듣지 않고 숨조차 쉬지 않아도 되니까 아무 구멍도 뚫지 말기를 원했다.

눈을 떠 보니 책상 앞에 찬영이 앉아 있었다. 즐겨 입는 회색 반팔 티에 남색 반바지를 입고, 의자에 느슨히 기댄 채 책상 어딘가를 가만히 보고 있었다. 꿈인가, 눈을 깜빡이는데 찬영이 날 돌아봤다.

"팔자 좋다, 청소년 백수."

"아…… 학교 안 갔어?"

목이 잠겨서 쁙 소리가 났다.

"오늘 토요일이야, 지금은 오후 세 시고. 아줌마는 나가셨어. 피자 시켜 먹을 돈은 남겨 두셨지. 너 혼자 있으면 찾아 먹든 굶든 상관 안하셨겠지만, 내가 왔으니까."

찬영은 만 원짜리 몇 장을 들어 보였다.

"세 시? 미치겠다."

새벽 4시까지 축구를 보느라 창밖이 뿌옇게 밝아 올 때쯤 눕긴 했다. 그래도 12시 전에는 깰 줄 알았다.

"그런데 피자는 못 시켜 먹을 거 같아. 수업이 다섯 시라서, 이제 너 씻고 준비해서 나가기에도 빠듯하거든. 식빵 있더라. 쨈 발라 줘? 그 정도는 기꺼이 해 주지."

"무슨 수업?"

"어제 한 얘기는 뭘로 들었냐. 그 인문학 강의. 오늘이 시작이야. 빨리, 샤워부터 해라."

"아, 씨."

베개에 얼굴을 묻었다.

학교를 그만 둔지 겨우 한 달. 엄마는 슬슬 조급해 하고 있었다.

뭐라도 해야 한다는 말에는 동의했지만 당장은 생각하기 싫었다. 적어도 삼 개월은 쉬어야 할 거 아닌가. 하지만 엄마는 한 달이 넘어 가자 몸이 달아서 온갖 자료를 내게 내밀었다. 그 중 하나가 이 인문학 강의였다. 그나마 동의한 것은, 찬영이 같이 할 것이기 때문이었다.

씻고, 정말로 찬영이 구워서 쨈까지 발라 준 토스트와 우유를 먹었다. 찬영은 집에 있었는지도 몰랐던 콜라 캔을 찾아내서 유리컵에 따랐다.

"넌 언제 온 건데."

"열두 시쯤?"

"그럼 깨우지!"

"나도 네가 세 시까지 잘 줄은 몰랐어."

찬영은 무심하게 식빵 부스러기를 모으며 대답했다. 조금 미안해졌다.

"뭐 했냐, 그동안."

"너 책상 좀 뒤졌지."

내 표정이 웃겼나 보다. 찬영은 뭘 숨기고 있는 거냐며 날 놀렸다.

"근데 우리 무슨 강의 들어?"

찬영은 대놓고 눈살을 찌푸렸다.

"장자야."

"장자? 노자, 공자 할 때 그 장자?"

맡겨둔 내가 바보지. 그런 쪽으론 진짜 관심 없는데. 그냥 잠이나 자고 싶다는 생각에 몸이 늘어졌다. 식탁 밑에서 찬영이 내 발을 찼다.

"십 분 준다, 빨리 옷 마저 입어."

찬영과는 유치원 때부터 알던 사이였다. 집도 가까웠고 가족끼리도 가까웠다. 찬영은 초등학교 4학년 때 이사를 갔지만, 우리 엄마가 맞춰 놓은 학원과 캠프와 대회에서 꾸준히 봤다. 우리는 꽤 친했다. 학년 차이가 나는데도 그랬다.

찬영은 1월생이라 나보다 한 학년 빨랐다. 초등학교 때는 오기가 생겨서 친구들 앞에서도 꼬박꼬박 반말을 썼다. 찬영의 친구들이 형이라고 부르라면서, 찬영이 없는 자리에서 몰아세웠을 땐, 친군데요! 하고 버티기도 했다.

고등학생이 되어 외할머니와 살게 된 찬영이 이 동네로 돌아온 뒤로는 거의 매일 봤다. 학교를 그만둘 때도, 찬영에게만은 속마음을 털어놓았다.

– 괜히 그만뒀다가 망하면 어떻게 하냐?

찬영은 넌 이미 망했다는 말로 날 웃게 했다. 안심시켰다.

사실 학교를 그만두는 것은 예상보다 쉬웠다. 엄마는 못마땅해 하면서도 이내 받아들였다. 엄마가 머릿속으로 차곡차곡 수습할 계획을 세우는 게 보였다. 일단 대입 검정고시를 보고, 중간에 해외도 다녀오고, 각종 스펙을 쌓고. 그러면 적응 못하는 학교에서 내신 밑바닥 까는 것보다 차라리 낫겠다는 판단이 섰을 것이다.

– 정말로 네가 원하는 거 맞아? 책임질 수 있어?

엄마는 하루에도 몇 번씩이나 물었다. 그걸 명확하게 말할 수 있었으면, 학교도 그냥 다녔을지 모른다.

잘하고 싶었지만 잘 보이고 싶지는 않았다. 노력하는 것처럼 보이긴 싫었지만 남 보기 괜찮은 결과들을 얻고 싶었다. 목적과 목표는 어긋났고 방법과 수단이 부딪쳤다. 나 자신이 갈가리 찢어지는 것 같은 기분이 들었을 때 못하겠다고 손을 놓았다. 그러자 한 부분은 편해졌다. 적어도, 손이 아프지는 않았다. 그러나 열패감은 한쪽에 남아 곪은 상처처럼 욱신거리고 있었다.

인문학 수업을 듣는 곳까지는 버스로 삼십 분 정도 가야 했다. 예전에도 무슨 특강 때문에 몇 번 와 봤던 곳이었다. 여기 탈학교 생 모임도 있다고 들었는데, 엄마가 가보라고 했지만 그럴 마음은 없었다.

2층 강의실은 좁은 대신 창이 넓었다. 가장자리가 누렇게 변하기 시작한 플라타너스 잎들이 창문의 반을 덮었고, 그 위로는 9월이 되어도 여전히 뜨거운 햇살이 쏟아져 들어왔다.

강의를 들으러 온 사람은 찬영과 나까지 고작 아홉 명이었다. 선생님은 중년의 남자로 갑자기 늙어 버린 소년 같았다. 주름진 얼굴과는 어울리지 않는 큰 눈, 얇은 금속 테의 안경에 닿을 정도로 덥수룩한 머리카락 때문이었다.

"장자는 내편과 외편, 잡편으로 나뉩니다. 그 중에서 장자가 직접 썼다고 알려진 것은 모두 일곱 편의 내편이에요. 소요유, 제물론, 양생주, 인간세, 덕충부, 대종사, 그리고 응제왕, 이렇게 됩니다. 이번 학기에는 이 내편을 한번 쭉 훑어보려 합니다. 일단, 여러분이 이 수업을 왜 들으러 왔는지가 궁금한데……."

선생님은 각자 자기소개를 시켰다. 싫다는 생각과 동시에 무슨 말을 해야 할지에 골몰했다. 다른 사람들의 소개는 듣지도 않았다. 다른 사람을 보기엔 나는 너무 나 자신을 의식하고 있었고 내가 어떻게 보일지에만 신경을 쓰고 있었다.

"이재현입니다, 열일곱이고, 학교를 다녔으면 고1이고요. 여름에 자퇴했고, 지금은 뭐 별거 안 해요. 이 수업은…… 친구랑 같이 듣게 되어서요."

찬영과 내가 제일 어렸다. 비슷하게 어려 보이는 여자 아이가 하나 있었다. 자잘한 무늬의 긴 소매 옷을 입었고 어깨를 덮는 머리카락은 뻣뻣해 보였다. 수줍은 태도로 이름을 말하는데 잘 안 들렸다. 그 애 말고는 다 어른이었다.

선생님은 한자가 빼곡하게 적힌 종이를 나눠 주었다. 기가 질렸지만 막상 들으니 영 지루한 수업은 아니었다. 엄청나게 큰 물고기 곤과 붕새와 하늘만큼 큰 연못. 구만 리 높이의 하늘…… 상상의 범위를 넘으니 도리어 평범하게 느껴지는 것들에 대한 이야기였다.

선생님은 끊임없이 어떻게 생각하는지를 물었고 덕분에 긴장

42

을 놓을 수가 없었다. 대답을 안 할지언정 멍청해 보이고 싶지는 않았으니까.

"숙제는 따로 없지만, 마지막 시간엔 글을 한 편씩 내도록 합시다. 장자를 배우면서 느낀 것들을 자유롭게 쓰면 됩니다."

강의 말미에 선생님이 말했다. 자유롭게, 라는 말이 마음에 들지 않았다. 어른들이 흔히 하는 말 중에서도 가장 그 의미가 훼손된 말이 아니던가.

강의가 끝나고 사람들은 자기들끼리 웃고 인사를 주고받았다. 찬영은 우리 또래인 그 여자애에게 다가가 인사를 했다. 강의 시간에는 몰랐는데 찬영과 말하면서 웃는 걸 보니 좀 귀여워 보였다. 찬영이 나를 불렀다.

"여기, 황나은 누나. 대학교 1학년이야. 나랑 봄에 같이 그리스 철학 강의 들었어."

전혀 대학생 같지 않았는데. 고등학생인 줄 알았다. 돌아가는 버스에서 평범하게 들리길 바라면서 찬영에게 물었다.

"친해? 그…… 누나랑."

"아이고, 귀여운 자식. 왜, 나은이 누나 관심 있어?"

찬영이 내 머리를 쓰다듬었다.

"아, 아니거든!"

관심은 무슨. 얼굴 한 번 봤는데. 그냥, 여자애들과 만나거나 이야기할 기회가 전혀 없으니까 조금 신기해서 그런 거였다.

뭘 어떻게 생각한 건지 찬영은 다음 주 강의가 끝난 후에 나은 누나와 같이 밥을 먹는 자리를 만들었다.

나은 누나는 수줍은 편이었지만 그걸 티내거나 되레 감추려고 애쓰지 않았다. 무엇보다, 나이가 세 살이나 많은데도 누나인 것처럼 행동하지 않았다. 친구처럼, 평등하게. 그게 마음에 들었다.

우리는 장자와 학교와 나의 자퇴에 대한 이야기들을 했다. 찬영은 우리 엄마가 했던 말들과 선생님의 반응을, 무협 소설의 결투 장면이라도 되는 듯이 과장해서 늘어놓았다. 당사자인 내가 듣고 있는데도. 그렇지만 나 또한 웃었다.

뭐라도 되는 것처럼 우쭐해서, 실제보다 부풀려진 것들을 내 방패라도 되는 양 내밀었다.

돌아오는 길에는 어쩐지 지쳐 버린 기분이었다. 찬영도 조용했다. 웃고 떠들었던 말들은 거품 빠진 콜라처럼 달착지근한 뒤끝을 남긴 채 입 안을 텁텁하게 했다.

"나은 누나 괜찮지?"

"왜 자꾸 엮고 그래?"

"어울려서 그러지……."

찬영은 숨을 내쉬며, 중얼거렸다. 진심 같진 않았지만 어쨌든 기분은 나쁘지 않았다.

갑작스레, 버스 창문에 고개를 기대고 있던 찬영이 말했다.

"내일 아빠 만나러 갈 건데. 같이 갈래?"

찬영과 나의 공통점. '아버지'란 말 앞에서 한 번씩 발이 걸려 고꾸라지게 된다는 것.

우리 부모님은 내가 4학년일 때 이혼했다. 이혼한 부부 치고는 깔끔한 사이라고 한다. 나는 엄마와 살고, 아빠는 중국에 있으면 서 매달 빠지지 않고 양육비를 보내고 있다. 일 년에 서너 번은 만 나고 가끔 전화를 한다.

찬영의 경우는 좀 더 복잡했다. 아버지도 어머니도 모두 재혼 을 했고, 어머니 쪽으로는 새아버지가 데리고 온 여동생이, 아버 지 쪽으로는 피가 반 섞인 남동생이 있다. 찬영은 외할머니와 함 께 살면서 가끔 아버지와 어머니를 만났다. 양쪽 다 찬영을 자기 편으로 끌어들이고 싶어 했다. 뭐든 다 해 줄 것처럼 굴었다. 같이 사는 것만 빼고.

– 카드 주면서 그러는 거야, 아빠 꺼 말고 엄마 꺼로 쓰라고. 아 빠도 똑같이 말하지. 내가 같이 살자고 말하면 질색할 거면서.

찬영은 그게 자기의 마지막 무기라면서 웃었다. 여차하면 짐 가 방 싸들고 찾아갈 거라고, 그럼 뭐든 맘대로 할 수 있을 거라고.

약속 장소는 찬영 아버지 소유의 카페였다. 깨끗하고 넓은 창 으로는 밀리기 시작한 일요일 오전의 도로와, 헐벗은 외국인들과, 상자 같은 모텔과 문신 제거를 전문으로 한다는 피부과 건물이 보였다. 건물 틈 사이에 희한한 각도로 나무들이 자라고 있었다.

"문신은 제거해도 다 남지 않냐."

"요즘은 기술이 발전해서 안 그럴 걸. 왜, 문신 해보고 싶어?"

"음…… 작은 거, 팔에?"

방금 전 떠오른 생각을 심사숙고한 것처럼 말했다. 우리는 어떤 크기의 문신을 어디에 하는 것이 적합할 건지에 대해 아무렇게나 떠들어 댔다. 전혀 그렇게 보이지는 않아도 찬영은 긴장하고 있었고, 나 또한 그랬다.

우리가 귀 뒤로부터 목으로 이어지는 뼈 모양의 글씨 문신에 잠정적으로 합의했을 때, 찬영의 아버지가 나타났다. 몸에 꼭 맞는, 그래서 퍽 젊어 보이는 단정한 검은 수트 차림이었다. 어릴 적엔 언제나 멋있는 아저씨라고 생각했다. 누가 봐도 그냥 보통 아저씨인 우리 아빠와 달리 이대로 커피 광고를 찍어도 될 것 같은 사람이었다.

곧이어 주문하지도 않은 케이크와 아이스티 두 잔과 뜨거운 커피가 나왔다. 찬영과 나도 커피를 더 좋아하지만 굳이 여기서 우리의 기호를 드러낼 것도 없을 터였다.

이런저런 사소한 학교와 학원 애기 끝에 아저씨가 본론으로 접어들었다.

"아저씨가 찬영이와 둘이만 할 이야기가 있는데……"

"그냥 하세요. 앉아 있어."

일어서려는 나를 찬영이 단호하게 잡았다. 아저씨의 눈을 피한 채 아이스티를 한 모금 마셨다. 내가 찬영의 편인 것은 당연했다.

유학 얘기였다. 의외로 평범한 소재였다. 찬영이 유학을 갈지도 모른다는 것은 중학교 때부터 일 년에 두 번씩은 들은 얘기였다.

아저씨는 유학원 상담원처럼 구체적인 시기와 장소와 조건에 대해 말했다. 찬영은 전혀 듣고 있지 않는 것 같았다. 찬영이 불쑥 말했다.

"추석엔, 통영 안 가실 거예요?"

기숙사에 대해 말하던 아저씨가 허를 찔린 표정으로 찬영을 봤다.

"할아버지더러 올라오시라고 했다. 우리가 가기는 힘들 것 같고……."

"오신대요?"

아저씨는 짧게 한숨을 쉬었다. 할아버지가 오시면, 어디로? 찬영의 새어머니가 반가이 맞아 주려나?

"제가 갈 거예요."

찬영이 말했다. 그 뒤의 대화는 마른 모래처럼 흩어졌다. 서로의 말을 들을 생각이 없으니 대화가 되지 않는 것도 당연했다. 결국 아저씨는 마저 먹고 가라는 말을 남기고 자리에서 일어났다. 반쯤 먹다만 케이크와 얼음만 달그락거리는 아이스티. 표정 없는 얼굴로, 테이블을 뚫어져라 바라보고 있는 찬영.

"문신 하러 갈래?"

막 던진 말이었다. 모래늪 속으로 가라앉고 있는 찬영을 어떻게든 꺼내 보려고.

찬영은 픽 웃었다. 이제 뭘로든, 하나만 더 하면 이 상황을 종료할 수 있다.

"통영…… 같이 가 줄까?"

즉흥적으로 내뱉은 말이었다. 찬영은 정말 놀란 모양이었다. 내가 찬영을 놀라게 하는 건 그리 흔한 일이 아니었다. 기분이 좋아졌다.

"거기 되게 멀어."

"알아."

자신만만하게 대답했다. 엄마에게 물어보지도 않고, 추석에 남의 집에 가겠다고 말하면서도 조금도 머뭇거리지 않았다.

그런 자신감은 억눌러 놓은 것들이 반동으로 튀어나오는 힘과 비슷했다. 진짜 힘이 아니라, 눌려지다 못해 터져 나오는 힘. 그때는 그 차이를 알지 못했다. 다만 발에 닿는 모든 것을 걷어차 버리며 날듯이, 뛰듯이 걸어갈 수 있는 기분이었다.

우리는 카페를 나와 가게들을 돌아다녔다. 찬영이 물었다.

"너 뭐 살 거 있어? 내가 카드로 긁을 테니까 나한테 현금 줘."

찬영은 종종 내게 이런 부탁을 했다. 왜, 엄마 아빠가 알면 안되는 데다 돈 쓰냐? 농담처럼 묻곤 했지만 답을 들으려는 생각은 없었다. 한 달에 몇 십만 원을 써도 뭐라 잔소리를 듣지 않을 애의 경제 사정을 걱정해 주기엔 내 지갑이 너무 빈곤했으니까.

"운동화 사려고 하긴 했는데. 근데 돈이 아직 모자라."

"그 정도는 감안 해 주지."

"콜."

찬영이 장자 얘기를 꺼낸 것은 운동화 가게에서였다. 첫 시간에 배웠던 붕새 이야기였다.

"그렇게 크고. 그렇게 높고. 그런데 우리가 그걸 생각할 수 있다는 게 신기하지 않아? 우리 머릿속에 그 넓고 큰 걸 담고 있다는 게, 엄청나잖아. 그렇게 큰 거에 비하면 내가 지금 하는 생각들은 정말 보잘 것 없어."

"아냐, 네 생각들도 중요하지."

그렇게 대답했던 나는, 찬영의 생각을 조금도 파악하지 못하고 있었다. 운동화 두 개를 놓고 비교하는 데 골몰하느라.

"그래서 좋다는 얘기야, 보잘 것 없다는 걸 깨닫게 되어서. 야,

빨강은 진짜 별로야."

찬영이 발로 내가 골라 놓은 운동화를 툭 찼다. 그러더니 뜬금없이 말했다.

"나은 누나 나오라고 할까?"

"왜 갑자기."

그렇게 대답하긴 했지만 기분이 들뜨기 시작했다. 찬영은 문자를 보내고 답을 얻었다.

"누나 학교라는데. 우리가 그쪽으로 간다고 했어."

지하철에 내려 대학으로 올라가는 길에는 여기에 올 수 있을까, 하는 현실적인 생각이 먼저 들었다. 찬영이라면 가능할지 모른다. 찬영이 이런 좋은 학교에 가고, 내가 별 볼 일 없게 되면 엄마는 어떻게 반응할까.

나은 누나는 정문 앞에서 우리를 기다리고 있었다. 무릎까지 오는 원피스에 구두, 어제보다 어른스러워 보였다. 발이 질질 끌렸다. 친하지도 않은 사람을 만나러 여기까지 온 게 바보 같이 느껴졌다. 뭐랑 붙든 이겨 버릴 것 같은 기분은 어디 갔는지 나는 다시 낯가림이 심한, 말없는 이재현으로 돌아갔다.

나은 누나는 이곳저곳을 구경시켜 주느라 열심이었다. 솔직히 어디가 도서관이고 어디가 학생 회관인지 그런 건 관심 없었다. 찬영은 나보다는 훨씬 적극적이어서 나은 누나에게 끊임없이 질문을 하고 감탄사를 추임새처럼 넣고 있었다.

대학은 예상보다 넓었고 일요일인데도 사람이 꽤 있었다. 자꾸 내가 입은 모습을 점검하게 되었다. 아무리 사복을 입고 왔다 해도 대학생이 아니라는 게 다 티가 날 것 같았다.

나은 누나의 뒤를 따라 빈 강의실에 들어갔을 때에야 마음이 편해졌다. 찬영은 장자 선생님 흉내를 냈고 나와 나은 누나는 빈자리에 앉아 그런 찬영을 구경했다.

그러나 편안함은 오래가지 못했다. 칠판에 곤과 붕과 천지까지 그려 우리를 웃기던 찬영은 핸드폰을 들여다보더니 가방을 챙겨 들었다.

"나 가봐야 할 거 같은데. 미안, 둘이 놀아요."

찬영은 하나도 미안하지 않은 어조로 말했다. 당황스러웠다. 둘이? 뭘 하고?

"밥 먹어야지……. 뭐 먹으러 갈래?"

둘만 남자 나은 누나도 불편해 하는 게 다 보였다. 딱히 뭘 하거나 하지 않은 것도 아닌데, 찬영이 있을 때와는 완전히 달랐다. 지루하고 어색했다. 찬영이 있었을 때는 셋이 친구인 것 같았는데, 지금은 영락없이 과외 선생님에게 밥 얻어먹는 고등학생이었다.

저녁을 먹는 내내 나는 무슨 얘기를 해야 할지를 몰라 입을 다물고 있었고, 나은 누나는 계속 화제를 찾아내려 했지만 번번이 실패하곤 했다. 나은 누나도 그렇게 생각할 것 같았다. 찬영이 없으니 재미가 없다고. 이재현 얘는 정말 지루한 인간이라고.

속이 탔다. 이런 상황에 버려두고 간 찬영에게 화가 났다.

지금은 나은 누나가 어색하게 행동했던 것이 딱히 나 때문이 아니라는 것을 안다. 누나 성격에 낯선 남자 아이와 둘이서만 밥을 먹는 것 자체가 힘들었을 것이다. 하지만 그때는 내가 부족해서, 찬영 같이 행동하지 못하기 때문에 생긴 오류라고 생각했다. 그게 내 자존심을 긁었고, 더 냉랭한 태도를 취하게 만들었고, 찬영에게 화를 내게 만들었다.

그날 밤 찬영이 재미있었느냐고 문자를 보냈을 땐 답조차 보내지 않았다. 그렇다고도, 아니라고도 말할 수도 없었으니까.

찬영은 내 답 따위는 상관없다는 듯 연달아 문자를 보냈다.

- 통영 진짜 갈 거야?

허, 지금 마음 같아서야 안 간다고 하고 싶었다.

다행히 나는 그렇게 뻔뻔스럽지 않았고 고속버스 자리를 예매하겠다는 말에 그러라고 간단한 답장을 보냈다.

엄마는 복잡한 심정이었던 것 같다. 어차피 명절이라 해도 외갓집 가서 밥 먹는 정도였지만, 내가 자퇴하고 난 후 첫 명절이었기 때문에 사람들의 관심이 쏠릴 것이었다. 그걸 어떻게 받아치나 엄마 혼자 고민이 많았을 것이다. 내가 찬영과 통영에 가는 것은 그런 문제들을 한 번에 해결할 수 있는 대안처럼 보였다.

우리는 버스 터미널에서 할아버지 드릴 홍삼 세트와 온갖 주전부리를 샀다. 그래 놓고 휴게소에서는 다시 햄버거 세트를 하나씩 먹어 치웠다.

찬영의 할아버지는 바다에서 그리 멀지 않은 단독주택에 혼자 살고 계셨다. 할머니가 돌아가신 지 십 년, 집 안은 휑할 정도로 물건이 없고 깨끗했다.

"아빠 너무 바쁘대요."

"바쁘면 좋지."

찬영의 말에 할아버지는 조용히 대꾸했다.

할아버지가 요리를 할 동안 우리는 텔레비전을 보고 상을 차렸다. 생선 매운탕과 밑반찬 모두 맛있었다.

우리는 할아버지가 매일 본다는 드라마를 보며 저녁을 먹었다. 나는 기사를 읽어 알고 있는 지식들로 할아버지와 꽤 오래 대화를 나눌 수 있었다. 찬영은 웃으며 우리를 보고 있었고, 나는 여기 오기 잘했다고 진심으로 생각했다.

추석 당일에는 찬영 할머니의 성묘를 갔다. 음식과 술을 앞에 두고 절을 했다. 찬영은 내게 할 필요 없다고 했지만 굳이 같이 했다.

오후에는 우리끼리 돌아다녔다. 부두에는 마른 불가사리들이 널려 있었고 생선 비린내가 났다. 유명하다는 벽화 마을에는 골목마다 사람들이 줄지어 서서 사진을 찍었다. 찬영은 자꾸 내게 포즈를 취해 보라고 했다. 사진을 찍어 엄마에게 보내라면서.

"엄마 걱정하실 거 아냐."

"아, 됐어."

엄마는 친척들을 맞아 어떻게 자신과 나를 방어하고 있을까. 내가 같이 있어야 했던 것은 아닐까. 방해만 됐을 테지. 씁쓸했다. 난 잘못한 것 없다고 고개를 들어 보려 해도 목 뒤에 무거운 것이 얹힌 듯 자꾸 운동화 끝을 바라보게 되었다.

할아버지는 9시가 조금 넘자 주무시러 가시고, 찬영이 몰래 술상을 차려왔다. 상을 들고 방에 들어오는데, 누워서 봐서 그런지 생각보다 키가 크다는 느낌이었다.

"너 키가 몇이냐?"

"178."

"헐. 나랑 똑같네. 작년까지는 내가 컸는데."

"우리가 똑같은 게 많지."

찬영이 입가를 비스듬히 올리고 웃었다.

"그랬나."

우리가 똑같은 거. 부모님이 이혼하고, 같은 동네 살고…… 또 뭐 있나. 아, 인문학 그거. 장자 들고 있고……. 되게 비슷한데 뭐가 또 비슷한가 싶다.

젓가락을 챙기고, 술을 따르는 찬영의 분주한 움직임을 멍하니 바라봤다. 형제 같은. 그런 멋쩍은 말들이 떠올랐다. 네가 있어 다행이다, 하는 더 낯간지러운 말도.

안주는 마른 오징어와 전, 남은 매운탕까지 풍족했다. 갑작스레 찬영이 물었다.

"그때 나은이 누나랑 둘이 뭐 했어?"

"뭐하긴. 그냥 밥 먹었지."

대학에서 만났던 날의 어색함은 아직 상처가 되어 남아 있었다. 그래도 찬영에게 그런 티를 내고 싶지는 않았다.

"어때, 나은이 누나? 괜찮은 사람이지?"

"됐어, 넌 누구 없어? 넌 진짜 그런 얘기 안하더라."

"나? 내년이면 고삼이야, 연애는 무슨."

우리는 대한민국 고등학생의 현실과, 억압과, 가능할지도 모를 연애에 대해 떠들어댔다. 아직 누군가를 좋아해 본 적도 없으면서, 그런 단어들이 정말로 의미하는 게 무엇인지도 모르면서.

"복잡해."

찬영이 그 말을 했을 때는, 그게 찬영의 가족에 대한 이야기인 줄 알았다. 아빠와 엄마와 동생들과 유학 같은 게 복잡해서 연애 같은 거, 누굴 좋아하고 하는 건 생각하지 못하고 있다는 뜻인 줄 알았다.

몇 잔 마시지도 않고 술기운에 일찍 잠들었다. 잠이 오락가락하는 와중에 찬영이 엎드려 핸드폰을 만지고 있는 걸 봤다. 찬영이 내 쪽을 보고 이불을 고쳐 덮어 주었던 것 같다.

잠이 깼을 땐 컴컴한 방에 찬영은 없고 베개 위에 놓인 핸드폰만 빛을 내고 있었다. 카톡인가. 아무 생각 없이 몸을 일으켜 그 화면을 들여다보았다.

- 그럼 형이 그쪽으로 갈까? 그쪽에 괜찮은 모텔 아는 데 있거든.

이게 뭐지. 소름이 돋았다. 벌떡 일어나 앉아 핸드폰 잠금을 풀었다. 찬영이 방금 전까지 누군가와 주고받고 있던 채팅창이 떴다. 자기를 '형'이라고 지칭하는 사람과 찬영의 대화였다.

문자에 붙은 이모티콘과 평소 찬영이라면 생각 못할 말투. 다른 누가 찬영의 핸드폰을 빌려가 문자를 보낸 거 같았다.

"야, 이거, 이거 뭔데."

돌아온 찬영은 말없이 내 손에서 핸드폰을 받아 갔다. 놀라지도, 당황하지도, 화내지도 않았다. 아무 일도 아닌 건가, 헷갈리도록.

"이거, 장난이야? 뭐야? 뭐 한 건데?"

찬영이 대답을 하지 않자 덜컥 겁이 났다. 뒷목이 아주 차가워졌다.

"미쳤냐?"

목에서 쇳소리가 났다. 찬영은 전혀 동요하지 않았다.

"할아버지 깨시겠다."

찬영은 핸드폰 전원을 끄고 누워 이불을 덮었다. 내가 그대로 앉아 있자 자자, 피곤한 어투로 말했다. 내가 억지를 부리고 있기라도 한 것처럼.

잘 수 없었다. 끈적끈적하고 더러운, 손대기도 싫은 점액질의 액체가 머릿속 구석구석 밀고 들어와 아무 생각도 하지 못하게 만들었다.

버스에 나란히 앉아 돌아오는 길 내내, 찬영은 이어폰을 끼고 눈을 감고 있었다. 심지어 휴게소에서 내리지도 않았다. 찬영이 가끔 눈을 떠서 핸드폰을 확인할 때마다 신경이 날카로워졌다.

찬영이 누군가를 만나고 있다. 아니, 만난다고 표현할 수 있는 건가? 찬영이, 누군가를. 절대 상상할 수 없었던 그런 관계로. 아이들이 우스워하며 역겨워 하며 서로를 깎아내리기 위해 하는 말들이, 지금의 찬영을 가리키는 것이라면.

서울로 돌아와서 우리는 약속이라도 한 것처럼 연락을 끊었다.

얼굴을 아주 안 본 건 아니었다. 장자 수업을 들어야만 했으니까. 거기까지 따로 갔다가 따로 나왔다. 미칠 것처럼 답답했다.

그 사이에 나는 온갖 자료를 다 찾아보았다. 보다 꺼버리고, 읽다가 덮었다. 그런 단어들과 설명들이 찬영과 조금이라도 상관있다고 받아들일 수가 없었다.

"오늘 같이 저녁 먹지 않을래? 재현이랑 셋이서."

나은 누나가 앞서 나가던 찬영을 붙잡았다. 서로를 모르는 척한 지 삼 주 째 되던 날이었다. 나는 책상에 시선을 고정한 채로 앉아 있었다.

찬영은 아주 잠깐 머뭇거리더니 약속이 있다고 했다. 무슨 약속? 속이 끓었다. 그러느라 나도 약속이 있다고 말할 타이밍을 놓쳤다. 어차피 찬영을 바로 뒤따라 나가는 게 더 어려운 일이었다.

길 건너 분식집, 김밥 한 줄과 라면이 우리 앞에 놓였다. 찬영이 있었더라면 저녁에 라면은 별로라며 하다못해 우동으로 바꾸라고 닦달했을 것이다.

"찬영이랑 싸웠어?"

나은 누나가 물었다. 입안의 김밥이 돌덩이처럼 느껴졌다.

"누나라면 어떻게 할 거예요? 친구가……."

찬영 얘기라는 걸 뻔히 알 거라서 말이 안 나왔다.

"아니에요."

찬영이 차라리 도둑질을 했다면, 누군가를 죽을 만큼 팼다면 이해하기 쉬웠을 것이다. 그 어떤 잘못을 해도 그 애 편을 들어줄 수 있었다. 하지만, 이건 어떻게. 거부감. 두려움. 그 모든 부정적인 반응 중에서 가장 뚜렷한 것은, 배신감이었다.

나은 누나는 캐묻지 않았다. 그저 왼손을 들어서, 꼭 주먹을 쥐어 보였다.

"내가 옛날에 버릇이 있었거든. 봐봐, 손을 이렇게 꽉 쥐는 거야. 손톱을 세우고서. 그게 너무 심해져서, 손바닥에 손톱자국이 나다 못해 찢어져서 피가 났어. 그런데도 계속 하게 되는 거야. 그런데 어느새 보니까 안 하게 되었더라고. 딱히 계기가 있었던 것도 아닌데."

나은 누나는 손을 폈다. 작은 손바닥에는 흉터가 있었다. 두 개의 짧고 둥근 선은 웃는 얼굴 같아 보이기도 했다. 손톱이 파고들어 피가 나도 멈출 수 없을 정도의 마음이란 어떤 걸까. 내 눈 앞에 있는, 이 착해 보이기만 하는 사람의 속은 겉과는 아주 다를지도 모른다.

"왜 갑자기 이런 소리 했는지 모르겠네."

나은 누나는 멋쩍게 웃었다.

"아니요."

그 뒤로 우리는 밥 먹는 내내 별 말을 하지 않았다. 돌을 씹듯

음식을 씹어 삼키고 어색한 침묵을 견뎠다. 견디며, 찬영을 생각했다.

기다려 보기로 했다. 적어도, 그 애가 말을 꺼낼 때까지 기다려 보겠다고 결심했다. 엄청난 인내가 필요한 일이었지만 나는 찬영을 믿었다.

마지막 수업은, 장자 내편의 마지막 이야기인 응제왕이었다. 수업 내내 아무 의미도 형성하지 못한 말들이 내 귓가를 스쳐 지나갔다. 마지막에 찬영이 입을 열 때까지.

"그러면, 마지막 구멍을 뚫지 않으면 혼돈은 죽지 않았을까요?"

찬영의 목소리를 너무 오랜만에 들은 기분이었다. 너무 멀쩡해서 짜증이 났다.

선생님은 대답 대신 어떻게 생각하느냐고 되물었다. 찬영은 망설였다. 몰라서 그러는 게 아니라, 차마 대답을 할 수 없는 것처럼. 찬영이 대답을 하지 않자 선생님이 입을 열었다.

"여섯 개의 구멍이 뚫렸으면 마지막 하나를 유보하는데 큰 의미가 있을까 싶습니다. 구멍을 뚫어 보게 되고, 듣게 되고, 그렇게 지각을 선물하는 것인데, 하나를 알게 되면 이미 혼돈이라는 무지의 상태, 태초의 상태가 아니게 됩니다. 그, 도미노 있죠? 도미노처럼 막을 수 없이 진행되지 않을까 합니다."

찬영은 다시 질문을 하지는 않았다.

지금까지 수업을 들으면서 가장 인상 깊었던 주제에 대한 글을 메일로 보내라는 선생님의 당부를 마지막으로 강의가 끝났다. 몇 개월 동안 한 번도 빠지지 않고 다 들었다는 만족감보다는 억지로라도 찬영을 볼 기회가 이젠 없으리라는 것에 겁이 났다. 오늘 풀지 않으면 앞으로는 풀기가 더 어려울 것이었다.

우리는 모두가 자리를 비울 때까지 각자의 자리에 앉아 있었다. 나은 누나는 문 앞에 서 있다가 나와 눈이 마주치자 살짝 고개를 끄덕이고 나갔다.

마침내, 찬영이 내게로 걸어왔다.

"같이 가자."

하, 참았던 숨을 내뱉었다. 기다린 보람이 있다고 생각했다. 이제 찬영은 내가 듣고 싶은 말을 해 줄 것이다. 다 끝난 일이라고 말해줄 것이다……. 그렇게 착각했다.

같이 가자고 해 놓고, 버스를 타고 가는 내내 찬영은 핸드폰을 잡고 있었다. 점점 마음이 불편해지고 기분이 나빠졌다. 찬영은 십 분도 넘게 뭔가를 계속 입력했다. 멈췄다가 또 다시 썼다.

찬영이 마침내 핸드폰을 내려놓았을 때 내 핸드폰에 문자가 떴다. 그렇게 오래 쓴 것 치고는 짧은 문자였다.

- 뭐냐고 했지. 나도 모르겠어. 뭔가를 확인하고 싶었나 봐. 결

론을 내거나. 답은 없지만 뭐라도 해 봐야 알 테니까. 그냥 모르는 척 해 주라. 욕해도 달라질 건 없으니까. 나는 그냥 나야. 그것만 알아 줘.

"연락하지 마."

말이 나왔다. 대답 대신 찬영은 길게 한숨을 쉬었다.

"그건 안 돼."

어이가 없었다. 지금까지 연락을 하고 있다는 게 아닌가.

"만났어?"

찬영은 대답이 없었다. 머리 꼭대기까지 열이 치받았다. 내가 본 카톡의 내용, 그 사람이 찬영에게 한 말들, 찬영의 대답들, 잊은 줄 알았던 것들이 선명하게 머릿속에서 번쩍거렸다.

괜찮은 척 했던 가면을 벗고, 버스 안이라는 것도 잊고 마구 쏘아붙였다.

"너 제정신 아니지, 미쳤냐, 진짜?"

나중엔 별 소리를 다했다. 엄마 아빠 카드 받아 쓰면서 사는 주제에, 야, 너 고등학생이야, 대학이나 가고 뭘 해. 억지라도 상관없었다. 찬영이 지금 하는 걸, 그게 뭐가 되었든 막고 싶었다.

"야, 그럴 바에야 차라리!"

차라리. 뭐라고 말하려 했던 건가.

찬영이 갑자기 내 팔에 손을 얹었다. 나도 모르게 소스라쳐서 그 손을 쳐냈다. 찬영은 나를 똑바로 보았다. 뭘 묻듯이. 나로서는 절대 대답할 수 없을 질문을.

찬영이 잠수를 탔다는 것을, 나는 찬영의 엄마 아빠에게서 연달아 연락을 받고서야 알았다. 그렇게 헤어진 다음 주 화요일이었다. 찬영의 부모님은 찬영이 무단결석을 했으며 전화도 꺼 놓았다는 말을 전했다. 아무도 찬영이 어디 있는지 알지 못했다. 왜 그애가 그렇게 꽁꽁 숨었는지는, 나밖에 몰랐다. 그래서 미칠 것 같았다.

모든 게 내 탓인 것 같았다. 다그치지 말 걸. 그냥 듣기만 할 걸.

나은 누나에게 연락한 것은 내 상상 속의 찬영이 비행기를 타고 어디론가 가 버렸다가 아파트 옥상에서 떨어지고 난 후였다.

– 혹시, 어제 오늘 찬영이 연락 온 적 있어요?

없다는 대답에, 알 수 없는 안도감과 실망감과 자기혐오가 동시에 들었다. 아니, 그렇게 정리할 수 없는 모호하고도 열렬하고 복잡한 감정이었다. 찬영의 소재를 알 확률이 줄어들어 실망했다. 찬영이 나 아닌 다른 사람에게 연락한 게 아니어서 안도했다. 나은 누나와 찬영에 대한 이야기를 나눌 수 없어 실망했다. 그렇게 생각한 나 자신이 혐오스러웠다. 이런 감정이 '정상'일 것임에 안심했다. 그에 안심하는 내가 다시 혐오스러웠다.

내가 상상한 일들은 일어나지 않았다.

찬영은 꼬박 하루하고도 한 나절을 연락두절이었다가, 마치 단체 문자 같은 메시지를 보냈다.

- 생각 정리할 시간이 필요했어. 미안.

나는 이 문자가 찬영의 아빠와 엄마에게도 똑같이 갔으리라 생각했다. 무슨 생각을, 어떻게 정리를, 뭐가 미안한데. 이 단어들에 하나하나 물음표를 붙이는 것은 나밖에 없으리라고도 생각했다.

찬영의 문자에 이어, 숙제로 낸 글들이 거기 홈페이지에 올라왔으니 확인해 보라는 장자 선생님의 문자가 왔다. 나는 끝내 내지 못한 숙제였다. 거기, 찬영의 글이 있었다.

'우리는 혼돈으로 태어나 혼돈의 모습을 빼앗기게 된다. 혼돈은 혼돈이었을 때 그 무엇보다 강했을 것이다. 강하고 약하고를 판단하는 기준에서 아예 벗어나 있었기 때문이다. 결정하지 않았을 때 무한한 가능성이 있는 것과 같다. 하나씩 이름을 붙이고 방향을 정할 때마다 혼돈은 죽어 간다. 마침내 모든 가능성에 꼬리표가 붙으면 우리는 평범한 인간이 되는 것이다.'

그 와중에 이런 걸 쓸 정신이 있었다는 게 기막혔다. 화가 났다. 미친 놈. 싸이코 같은 자식. 누군 자기 때문에 이렇게 속 끓는데, 맘 편히 이런 글을.

그러다 마지막에 이르렀을 때, 나는 그걸 읽고 또 읽었다.

'혼돈이 죽어야 시작되는 것들이 있을 것이다. 하지만 나는 그 혼돈을 그대로 두고 싶다. 최대한 천천히 구멍을 뚫고 싶다.'

그 말이 눈에 박혔다.

그대로 두고 싶다는 말. 시작하고 싶지 않다는 말. 어째서? 나는, 너를, 그 수렁에서 끄집어내고 싶은데. 왜 그 진흙탕에 머물고자 하는 거야?

아닌가. 널 구출해야 했던 게 아니었나. 네가 있는 곳은 더러운 수렁이 아니라, 더러운지 아닌지조차 판단할 수 없는 혼돈이었나. 설명할 수 없는 온갖 이미지들이 목마른 악몽처럼 머릿속에서 뒤엉켰다. 바다도 채 담아내지 못하는 큰 물고기, 날갯짓 한번으로 도시를 파괴하는 거대한 새와 피 흘리며 죽어가는 인간들, 그리고 다시, 그 모든 것을 뒤덮어 고요히 감싸 안는 혼돈.

그 혼돈 때문에, 네가 버틸 수 있는 것이었나.

핸드폰을 들어 찬영에게 문자를 보냈다. 지금, 만나자고.

우리는 동네 놀이터에서 만났다. 멀쩡한 얼굴을 하고 나타난 찬영은 대뜸 엉뚱한 소리를 했다.

"나은 누나랑은 잘 되고 있어?"

"지금 그런 말이 나오냐?"

"미안."

"미안한 줄 알면 닥쳐라."

내가 얼마나 걱정했는데. 고민했는데.

"내가 더럽냐?"

"미친 새끼."

미치고 나쁜 새끼. 미치고 나쁘고 치사하고 짜증나는 새끼. 더러운 거 빼고, 다 갖다 붙여도 시원찮을 새끼.

왜 눈물이 났을까. 기를 쓰고 참았다. 찬영에게, 아니 정확히 누군지 알 수 없는, 인간인지 아닌지도 모를 그 누군가에 욕을 퍼부으면서. 우리에게 구멍을 뚫으려는 누군가가 가까이 올 수 없도록 발버둥을 치면서.

찬영은 낙엽을 발로 비벼 부서뜨리며 말했다.

"얌전히 살게. 네 말대로, 독립할 때까지는. 그게 경제적인 게 됐든…… 정신적인 게 됐든."

"됐거든? 네 인생 계획을 왜 나한테 점검 받냐? 나중에 무슨 꼬투리 잡으려고? 그냥 하고 싶은 대로 하고 살아, 그냥 막 살아."

그래도 난, 너 버리지 않을 거니까. 진짜로 하고 싶은 말은 이거였는데 입 밖에 내지 않았다.

찬영은 어렵게 입을 열었다.

"……알고 싶어?"

솔직히 말하면 알고 싶지 않았다. 하지만 아니라고도 말할 수가 없었다. 그냥 가만히 있었다. 찬영은 픽 웃었다.

"됐어, 말 안 해. 무슨 공포 영화 보는 얼굴 하고 앉았냐."

우리는 아파트 단지 상가 앞에서 헤어졌다. 나는 몇 번이나 뒤 돌아보다가 나중엔 아예 돌아서서 찬영의 뒷모습을 보았다. 뒤따라갔다. 얌전히 집으로 향하는 걸 보면서도 안심이 안 되어서 그냥 계속 봤다. 내 기억보다 마르고, 휘청거리는 찬영의 뒷모습. 죽어가는 혼돈의 모습을.

찬영은 무단결석하고 잠수를 탔던 날 박물관에 있었다고 했다. 사람이 거의 오지 않는 외진 전시실 한쪽 의자에 앉아, 창문이 없어 날씨가 어떤지도 볼 수 없는 문 없는 감옥에 앉아, 시간도 확인하지 않고 아무것도 먹거나 마시지 않고, 그렇게 하루를 보냈다고 했다. 어느 시대의 누가 그렸는지, 심지어 우리나라 것인지도 알 수 없는 긴 족자 그림을 외울 정도로 보고 또 보았다고 했다.

찬영에게는 말하지 않았지만 나는 그 다음 해 봄, 찬영이 말한 그 박물관에 갔었다. 어림짐작으로 전시실을 찾았고, 아마도 그 그림이지 않을까 싶은 족자도 찾았다. 그리고 찬영이 말한 것처럼, 그 자리에 앉아 시간을 보냈다. 아니 버텼다. 그건 내 고행이었고, 찬영을 이해하고자하는 몸부림이었고 – 아니, 이런 구차한 말들은 하지 말자. 어설픈 영웅심리라고 봐도 좋다. 나는 다만, 그렇게라도 찬영을 알고 싶었다. 그 애가 생각한 것을, 느낀 것을, 아주 조금이라도.

찬영이 얼마나 필사적이었는지, 그걸 몰랐다. 사실은 지금도 제대로 알지 못한다. 저린 다리로 절뚝거리며 전시실을 빠져나오면서 내가 얻은 결론은, 알 수 없는 그 막막함조차 혼돈의 일부이며 나 역시 찬영과 다를 바 없다는 것이었다. 그게 그때의 최선이었고 소득이었다.

우리는 그때 있었던 일을 화제로 올리는 법이 없다. 그 부분은 시멘트를 발라 흔적까지 덮어버린 문처럼 닫혀 있다. 그러나 그걸 부셔야 하고 이야기를 들어야만 하고 결론을 지어야 한다고는 생각하지 않는다.

가끔 묻고 싶어진다. 네 혼돈은 어떻게 되었느냐고.

혼돈은 내 안에, 찬영 안에 웅크리고 있다. 거기 있다는 사실조차 잊을 정도로 조용히, 그러나 분명하게. 이제 나는 어렴풋이 알고 있다. 그게 죽어 버리면 우리는 밀려들어오는 압력에 눌려 질식할 거라고. 진짜 우리의 모습을 모두 잃어버릴 거라고.

그러니 제발 이대로. 마지막 구멍 하나만큼은 뚫지 않고 남겨두기를. 혼돈을 살려 두기를.

우리를 지킬 수 있기를.

에이는 고등학교 생활에 대해, 엄청나게 긴장하고 시작한 것 치고는 나쁘지 않다고 생각했다. 웃음기 하나 없이 각 잡고 들어오던 선생님들은 농담을 시작했고, 석식 시간에 외출증을 끊어 학교 앞 분식점에 같이 다녀올 친구들도 생겼다.

새로운 것들은 대체로 좋았다. 버스를 타고 등하교를 하는 것, 조금 더 세련된 형태의 교복, 모래 먼지만 날리던 중학교 시절의 운동장과 다르게 나무가 많은 교정, 그리고 야간 자율 학습.

에이의 학교는 1학년부터 야간 자율 학습을 신청하도록 강요에 가까운 권유를 했고, 에이는 학원을 다니는 것도, 예체능도 아니었으므로 자연스레 야자를 하게 되었다.

에이는 곧 야자를 좋아하게 되었다. 저녁을 학교에서 먹는 것과 교실 창으로 해가 지는 것을 보는 것도 좋았다. 어둠이 내려앉는 순간을 포착하고 싶지만 잠깐 시선을 돌린 사이 하늘은 어두워지고 만다. 교실 안의 고요함, 창밖의 어두움, 아직도 집에 돌아가지 않고 있다는 데서 오는 묘한 초조함, 그리고 만족감 - 시간을 희생하고 있다는. - 그 희생을 통해 얻게 될 것이 무엇인지는 정확히 알지 못했으며 사실 뭔가를 얻는다는 느낌조차 없었는데도 그랬다.

석식을 먹고 야자가 시작되기 전 근처 대형 문구점에 다녀온 날, 에이는 하드커버 일기장을 샀다. 그리고 첫 장에 고등학생이 된 포부와 각오에 대해 정성껏, 펜의 색깔을 바꿔 가면서 적어 내려갔다.

하루에 영어 단어 몇 개 외우기 따위의 소소한 목표들이었지만, 그 결심을 써 내려가던 3월의 야자시간, 그 시간의 밀도와 새 종이에서 풍기던 풋풋한 냄새, 알록달록한 글씨들이 어우러져 만들어 낸 시각적인 충족감 같은 것들은 결코 가볍지 않았다.

삐에 대해 처음 의식한 것은 3월 둘째 주 과학 시간이었다. 성씨가 먼 탓에 - 에이는 김 씨이고 삐는 ㅈ으로 시작하는 성이라 - 뭘 해도 번호 순으로 묶이는 학기 초에는 접점이 없었다.

질문 없나?

선생님의 물음에 삐가 손을 들었다. 모두의 시선이 쏠렸다. 이런 분위기에서 손을 들어 질문하는 패기랄까, 뻔뻔함, 혹은 용기, 아니면 허세라든지, 어쨌든 강렬한 무엇에 놀랐던 것이다. 정작 질문이나 답은 꽤 시시한 것이었지만, 그것을 계기로 반 전체가 고등학교 수업에 대해 가지고 있던 두려움이 한풀 꺾였던 것을 기억한다.

삐는 눈에 띄는 아이였다. 삐와 그 친구들은 반에서 가장 농담을 잘하는 아이들이었고 가장 시끄러운 아이들이기도 했다. 그렇지만 삐의 이미지는 좀 더 파악이 어려운 것이었다.

삐는 교실이 울릴 정도로 시끌벅적하게 떠들어대다가도 쉬는 시간 내내 이어폰을 꽂고 책을 보고 있기도 했다. 수업에 가장 적극적으로 참여하는 아이이면서도 성적이 아주 뛰어난 것 같지는 않았다. 서너 명씩 칠판 앞으로 불려 나가 문제 풀이를 해야 하는 악명 높은 수학 시간이면 삐는 제대로 문제를 푼 적이 없었다. 그런데도 하나도 기죽지 않은 얼굴로, 이해는 했는데 잘 못 풀겠어요, 더 공부하겠습니다, 하고 선생에게 말하곤 했다. 그 당당함이, 에이는 신기했다.

그러나 에이에게 깊은 인상을 준 일은 더 사소한 것들, 아마 에이 만이 보았을 모습들이었다.

사물함은 복도에 있었고 3단이었는데, 맨 아래 쪽이 아무래도 불편하다는 불만이 나와서 - 어쩌면 불만이 나오기도 전에 지레 아이들이 나름의 논리와 정의감을 보여 주기 위해 제안한 것이겠지만 - 2주에 한 번씩 칸을 돌아가며 바꾸어야 했다. 맨 아래 칸을 쓰는 불편함보다 그렇게 바꾸는 불편함이 더 큰 것 같다는 생각을 하면서, 에이는 짐을 끌어내고 있었다.

책을 한 아름 안고 돌아섰을 때, 사물함 앞에 앉은 삐의 뒷모습이 보였다. 짐을 다 꺼낸 뒤에, 삐는 주머니에서 구겨진 휴지를 꺼내 사물함 안쪽을 말끔하게 닦아 냈다. 뒤에 들어올 애를 위한 배려인지 그저 깔끔을 떠는 것인지는 알 수 없었지만 뭔가 다르구나, 그렇게 생각했다.

두 사람 사이에 접점이 생긴 것은 이른 더위가 몰려오던 5월 말이었다. 하루 종일 비가 왔다. 하늘은 내내 노란 끼가 섞인 잿빛이었고 해가 뜨지도 않은 채 저녁이 되었다.

석식 시간이 끝날 무렵 삐가 머리와 윗옷이 젖은 채로 교실로 돌아왔다.

뭐야, 어디 갔다 왔어, 우산 없었어?

삐의 친구들이 우르르 몰려들어 한마디씩 보탰다.

그냥. 비 맞으니까 기분 좋아서.

미친.

친구들이 어이없어하는 사이로 삐가 웃어 버리는 모습이
보였다.

수건 없어? 휴지 줘?

삐는 친구들이 건넨 휴지로 머리를 닦으려 했지만 하얗게 휴지
가루가 묻어나는 바람에 그만두었다.

마침 에이에게는 수건이 있었다. 엄마가 물통을 감싸는 용도로
가방에 넣어 주었던 도톰하고 길쭉한 스포츠 수건이었다. 에이는
망설이다, 그 수건을 삐 쪽으로 가지고 갔다. 삐의 친구가 먼저 발
견하고 수건을 받아들어 삐에게 건넸다.

어, 써도 돼? 고마워.

삐가 말했다.

삐는 약간 축축해진 수건을 접어 돌려주었고, 야자 1교시가 시
작되었다. 중간 쉬는 시간에 삐가 매점에서 사 온 초코 과자를 에
이의 책상에 올려놓았다.

아까 고마워서.

아…… 안 줘도 되는데.

에이는 조금 놀라 말했다. 삐는 씩 웃고 자리로 돌아갔다.

과자를 보고 짝과 앞뒤의 아이들이 반색을 했고, 에이는 과자의
삼분의 일 정도를 깨끗한 메모지에 담아, 2분단 앞쪽 삐의 자리로
가지고 갔다.

어…… 안 줘도 되는데.

삐가 약간 놀란 얼굴로 말했다.

돌아와 자리에 앉았을 때, 에이는 삐가 했던 말이 바로 에이 자신이 했던 말과 똑같았다는 것을 생각했다.

그 일을 시작으로, 에이는 삐를 더욱 의식하게 되었다. 삐는 기본적으로 친절한 아이였고 사회적 이슈에도 민감했다. 삐의 가방에는 알록달록한 배지가 주렁주렁 달려 있었는데 온갖 의미를 담은 문자와 상징들을, 에이는 몇 자리 뒤에서 헤아려 보았다. 에이는 그런 일들에는 그다지 관심이 없었고, 굳이 말하자면 조금 꺼리는 편이었다. 그런 자신에 대해서도 별다른 문제의식을 가지지 않았다.

하지만 한국사 선생의 주도로 토론식 수업을 했던 날, 삐가 그런 자신을 비난하는 기분이 들었다. 정확히 말하자면, 자신의 생각을 알게 되면 삐가 비난하리라는 지레 짐작이었다. 그것만으로도 에이의 기분은 곤두박질쳤다.

삐를 의식하게 된 뒤로 에이는 종종 그런 것을 느꼈다.

내가 싫다. 이런 내가. 막연한, 불쑥 들끓는 느낌. 뭐라 말할 수 없지만 분명 긍정적인 것은 아닌. 누구를 향하는지도 알 수 없는 감정. 뭔가 밖에서 계기가 주어진 것 같지만 그 조차도 분명하지 않은, 그래서 결국 '내가 싫다'라고 정리되어 버리는 감정이었다.

어느 석식 시간, 당번이었던 에이는 미술실 열쇠를 반납하러 갔다가 자신의 잘못이 아닌 문제를 가지고 선생님에게 잔소리를 들어야 했다. 뒤늦게 식당으로 내려갔을 때는 같이 밥을 먹는 친구들은 이미 자기 몫의 식판을 들고 식탁에 앉은 뒤였다. 평소라면 에이를 위한 빈자리도 맡아 두었을 테지만 3학년까지 전교생이 같은 시간에 식당에 내려오는 날이었고, 바로 옆에 3학년 선배들이 앉는 바람에 빈자리를 맡을 수 없었던 것이다.

그때, 아직 줄에 서 있던 삐가 에이를 불렀다. 결국 에이는 삐와 삐의 친구들과 함께 저녁을 먹게 되었다. 같은 반이었고, 그 중에는 에이와 동아리를 같이 해서 제법 친한 아이도 있었지만 어찌된 일인지 에이는 밥 먹는 내내 초조했다. 대화에 끼어들 수도 없었고 좋아하는 반찬도 남겼다.

예전 같았으면 기분 좋지 않았던 이유를 밖에서 찾았을 텐데, 자기 자리도 잡아 주지 않고 먼저 밥을 먹어 버린 친구들에게 가볍게 투정이라도 부렸을 텐데, 에이는 그 식사 시간 동안 멍청하게 아무 말 못하고 꾸역꾸역 밥을 먹은 자기 자신이 너무 싫었다. 되새겨 보면 볼수록 그 때의 자기가 너무 싫어서 이불을 걷어차고 또 찼던 것이다.

왜 싫었을까. 그걸 생각해 보기엔 너무 바빴다.

시험과 평가. 중학교 때와는 비교되지 않는 예민함이 의무처럼 주어졌다. 1학년 1학기의 성적이 끝까지 갈 거라는 선생님들의 협박 같은 강조 또한 믿지 않을 도리가 없었다. 모든 것이 처음이기에 주어진 대로 따라 하기에 급급했다.

여름방학에도 바로 보충수업이 이어졌다. 새로운 편의점 간식이나, 최신 가요나, 만화책 같은 작은 즐거움 만이 보상거리가 되어 주었다. 고등학교 생활은 이제 겨우 육분의 일이 지나갔을 뿐이었고 앞으로 이 압박이 점점 강해질 거라는 불길한 예언 속에서, 아이들은 자신의 처지를 웃음거리로 만들어 자위하곤 했다. 때려 치고 만다, 하는 선언과 독한 농담들에 에이는 웃었지만, 솔직히 말해서 온전히 공감한 것은 아니었다.

에이에게 이 생활은 아직 풀지 못한 수수께끼, 넘겨보지 못한 책에 가까웠다. 아무리 주변의 모두가 뻔하다 말해도 일말의 기대감을 버릴 수 없는, 그런 것.

그리고 그 기대감은 예상치 못한 형태로 현실이 되었다.

보충수업 마지막 날이었다. 마지막 시간 즈음, 내내 잔뜩 찌푸렸던 하늘에서 세차게 빗줄기가 쏟아지기 시작했다.

에이는 동아리 선배들의 당부로 다른 1학년들과 함께 동아리방 청소를 해야 했고 돌아왔을 때는 교실은 텅 비어 있었다. 아직 가방들이 남아 있는 걸 보니 에이처럼 동아리 일에 붙들린 아이들이 꽤 있는 모양이었다.

그날 따라 짐이 많았다. 방치해 두었던 실내화와 체육복, 컵 같은 잡동사니들에 문제집을 잔뜩 넣은 두 개의 종이가방. 남은 방학 동안 공부하기로 결심한 것들이었다. 미리 조금씩 가져다 놓을 걸 그랬다고 후회할 만한 양이었다.

짐을 지고 안고 교실을 나서는 순간, 에이는 문을 박차고 들어오던 누군가와 부딪쳐 종이가방 하나를 바닥에 떨어뜨리고 말았다. 안 그래도 불안했던 종이가방은 밑이 터져 버렸고 문제집들이 바닥에 흩어졌다.

어떻게 해! 미안!

삐는 당황한 얼굴로 문제집을 주워 들었다. 두 사람은 함께 교실을 뒤져 보았지만 나오는 거라곤 누군가 편의점에서 과자를 담아 왔을 까만 비닐봉지뿐이었다. 문제집들을 우겨 넣으니 손잡이도 잡을 수 없을 정도가 되었다.

내가 버스정류장까지 들어 줄게.

삐가 자청했다. 에이는 이 비닐봉지 말고도 종이가방 하나를 더 들어야 했고, 거기에 우산까지 써야했으므로, 기쁘게 이 제안을 받아들였다. 삐를 정류장에서 본 적이 없었으니 지하철을 타거나 걸어가나 보다 싶었지만 어차피 그 근처가 지하철역이라 그리 폐를 끼치는 일은 아닐 것 같았다.

둘은 학교 현관에서 비가 그치길 잠시 기다리다가, 도무지 그럴 기미가 보이지 않아 빗속을 뚫고 나갔다. 에이로서는 삐가 자기 때문에 시간을 쓰는 것이 마음에 쓰여서 신발이 젖는 것도 감수할 작정이었다.

장마도 끝난 지 오래, 근래에 드문 세찬 비였다. 얇은 운동화로 스며드는 물. 맨 다리와 팔에 튀는 빗방울과 젖어서 다리에 붙는 교복 치마. 결코 기분 좋다고 할 수 없을 감촉들이었는데도 에이는 불쾌함을 느끼지 못하고 있었다.

정류장에는 사람이 없었다. 이제 가방을 주고 가도 되는데, 삐는 몇 번 버스냐고 묻고는 옆에 서 있었다. 기다려 주는구나, 역시 착한 애야, 몇 가지 생각이 에이의 마음에 떠돌았다. 착하다, 는 단어가 딱 어울리지는 않았지만 달리 어떻게 표현할지를 몰랐다.

버스 온다. 이제 줘.

버스 내리면 집은 가까워?

삐가 물었다.

어…… 어, 뭐. 적당히.

가깝지는 않았다. 어떻게든 되겠지 싶었다.

그런데, 버스가 코앞에 멈출 때까지도 비닐 가방을 주지 않던 삐가 먼저 버스에 올라탔다. 당황한 에이는 버스 카드를 한번 떨어뜨렸고, 삐가 그걸 주워 대신 태그해 주었다.

젖은 우산과 버스 카드, 가방들을 갈무리해서 이인석에 나란히 앉기까지의 분주함 때문에 에이는 왜 이 버스를 타느냐고 물을 타이밍을 놓쳐 버리고 말았다. 안절부절 못하겠는 기분. 숨이 막히는 기분.

삐가 가방 앞주머니에서 이어폰을 꺼냈다. 대충 뭉쳐 넣었는지 엉망으로 엉켜 있었고, 삐는 그걸 풀어내느라 꽤 고생을 했다. 이어폰을 꼼꼼하게 말아 따로 케이스에 넣어 보관하는 에이에게는 신선한 풍경이었다. 에이는 잠자코, 삐가 넘겨준 이어폰 한 쪽을 귀에 꽂았다. 좀 시끄럽다 싶은 음악이 들렸다 꺼지고, 나온 것은 얼마 전 컴백한 걸그룹의 노래였다. 타이틀이 아닌 수록곡이어서 아는 사람이 드물 노래였지만 에이는 알고 있었다.

달콤하고, 어쩐지 쓸쓸해지는 노래.

매번 곡이 끝날 때마다 삐는 새로운 노래를 골랐다. 아는 노래가 반, 모르는 노래가 반. 에어컨 때문에 젖은 팔이 더욱 차가워지고, 가까이 닿은 온기가 더 느껴졌다.

버스가 동네에 도착할 때쯤 비는 그쳤지만 결국 삐는 아파트 앞까지 에이를 바래다 주었다.

아파트로 향하는 야트막한 언덕을 오르면서 에이는 삐를 집에 들여야 하는지 치열하게 고민했다. 여기까지 왔는데 그냥 보내기도 이상했다. 하지만 그 정도로 친한 사이인가? 아침에 내가 방을 어떻게 하고 나왔더라? 엄마가 집에 있을까? 먼저 연락해서 친구 간다고, 치워달라고 할까? 먹을 만한 게 있을까? 엄마가 없으면 뭘 시켜 먹어야 하나? 용돈이 남아 있던가?

하지만 그런 고민들이 무색하도록 삐는 아파트 현관에서 에이에게 비닐 가방을 건네 주었다.

방학 잘 보내.

어어, 너도. 고마워.

집에는 엄마도 없었고 방은 어질러져 있어서 에이는 삐를 데리고 들어오지 않은 것에 대해 안도했다. 하지만 한편으로는 일방적으로 약속을 취소당한 것처럼 허무했다.

젖은 옷만 대충 갈아입고 침대에 누워, 에이는 학교에서 집까지 온 그 길을 몇 번이나 돌이켜 보았다.

종이가방이 툭 터지고, 삐가 무릎을 굽혀 그 책들을 주워 줬을 때, 버스 정류장까지 들어 줄게, 하고 말했을 때.

한 가지 의문이 떠올랐다.

내가 버스 타고 다니는 걸 알고 있었나?

이 일은 에이의 작은, 그러나 무거운 비밀이 되었다. 왜 친구들에게 말하지 않았을까. 굳이 말을 꺼낼 만큼 대단한 일도 아니었으니까. 그러나 대단한 일이 아니었다면, 어째서 그렇게 오래 기억했을까.

　2학기가 시작되자마자 삐의 생일이 있었다. 에이는 그날이 삐의 생일이라는 것을 진작 알고 있었다. 매달 초면 그달의 생일자 이름을 교실 뒤 게시판에 붙여 놓았기 때문이었다.

　생일을 챙겨 주고 싶었다. 고맙기 때문이라고 에이는 생각했다. 빚이 있다고, 이건 빚을 갚을 기회라고.

　에이는 편지를 썼다. 편지지는 벌써 지난 주말에 골라 두었다. 수채화로 그린 꽃무늬가 들어간 파스텔 톤의 편지지와, 쨍하게 파랑과 노랑 줄이 기하학적으로 그려진 편지지 중에서 오래 고민하다가 꽃무늬를 골랐다.

　쓸 얘기가 많다고 생각했는데 막상 적으려니 또 별로 없었다. 최근에 인상 깊게 읽었던 책의 구절을 적고 감상을 덧붙이고, 축하의 메시지와 기원 같은 것들을 두서없이 섞어 쓴 종잡을 수 없는 편지였다. 말이 꼬여서, 두 번이나 망치고 세 번째에야 완성했다.

　최근에 아빠가 해외 출장에서 사 온 손바닥만 한 판 초콜릿 위에 편지 봉투를 붙이고 리본으로 묶자 선물 준비가 끝났다. 주말 한 나절을 꼬박 바쳤지만 에이에게는 시간을 헛되이 썼다는 자각은 조금도 없었다.

예상대로 삐는 많은 선물을 받았다. 반 아이들의 축하는 물론이었고, 2학년 선배들까지 포함된 같은 동아리 아이들이 블루베리 케이크를 들고 교실로 찾아왔다. 왁자지껄하게 복도를 울리는 생일 축하 노래. 크림을 얼굴에 묻힌 삐가 웃으며 교실 안으로 뛰어들어왔을 때, 에이는 손에 들고 있던 선물을 서랍 깊숙이 밀어 넣었다.

선물을 준비할 때의 설렘은 사라지고 편지와 초콜릿은 처치 곤란한 애물단지가 되었다. 왜 그렇게 되었는지는 에이 자신도 몰랐다.

줄까, 말까. 그게 그렇게 오래 고민할 일이었나. 결국은 에이는 점심시간도 다 지난 오후에 떠넘기듯 편지와 초콜릿을 건넸다. 초콜릿은 녹았는지 물렁했다. 삐는 진심으로 놀라고 기뻐하는 듯 보였지만 에이는 썩 기분이 좋지 않았다. 보잘 것 없는 선물, 보잘 것 없는, 자신. 또 찾아온, 자신이 싫다는 느낌. 조금 다른 것이라면 이유를 댈 수 없는 서운함이 옅게 스며들었다는 것이었다.

가라앉은 기분은 야자 중간의 쉬는 시간에도 여전했다. 에이는 친구들보다 몇 걸음 뒤쳐져 운동장을 걸었다. 이 시간이면 늘 아이들은 운동장을 돌았다. 운동, 다이어트, 혹은 재미로, 몇 십 명의 아이들이 어두운 운동장을 빙빙 도는 모습은 무슨 기원을 하는 거

대한 무리 같아 보이기도 했다.

저기.

어둠 속에서, 삐가 에이에게 다가왔다. 한쪽 얼굴은 어둠 속에 잠겨 있고 한 쪽은 빛을 받아 밝았다.

두 사람은 걸음을 멈추지 않았다. 둥글게 걷는 그 행렬의 부분이 되어 나란히 걸었다.

편지 읽었어.

에이는 얼굴이 붉어지는 걸 느꼈다. 어둠 속이어서 다행이었다.

고마워.

고맙다는 말은, 교실에서 해도 될 텐데. 에이는 뒤엉킨 머리로 생각했다.

삐는 에이가 인용한 책에 대해 물었고, 그렇게 여름 이후 처음으로, 두 사람은 대화라 부를 수 있을만한 말들을 나눴다. 학교 건물의 빛나는 창문들과 가끔 가다 발바닥에 밟히는 돌멩이들. 여전히 후끈한 바람과 별들. 입안에 사탕을 물고 있는 것처럼 달콤했다.

그렇다고 해서 두 사람이 친구가 된 것은 아니었다. 한번 정해진 무리는 대체로 바뀌는 법이 없었고 등하교 길이나 동아리나 앉은 자리조차 접점이 없는 두 사람이 말을 나눌 기회는 그다지 많지 않았다.

삐가, 그 책을 도서관에서 빌려 읽었다면서 간단한 감상을 얘기했던 쉬는 시간.

과학실 책상 하나가 삐걱거림이 심해져 그 책상에 앉던 조 아이들이 흩어져 다른 조 자리로 옮겨왔어야 했을 때, 에이가 삐의 자리로 가게 되었던 것.

체육대회 때 선보일 에어로빅 대형에서 삐가 에이의 대각선 뒷자리에 섰던 것. 그래서 연습할 때마다 허우적대는 팔 다리가 의식이 되어 곤혹스러웠던 것.

에이는 자주 몽상에 잠겼다. 대부분은 삐가 친근하게 자기의 이름을 부르고, 같이 밥을 먹자거나 이동 수업 때 같이 가자거나 하는 일, 혹은 주말에 우리 집에 놀러와, 하고 말을 건네는 것이었다. 둘이 친하냐고 의아해 하는 아이들은 그 몽상의 조연이었다.

이유를 설명할 수는 없지만 이름을 부르는 것은 언제나 삐였다. 에이가 먼저 말을 거는 일은 상상 속에서조차 없었다. 또한 상상은 언제나 이름을 부르는 것까지만이었다. 둘이 뭔가를 하는 것까지는 도무지 상상할 수 없었다.

그 애의 농담과 웃음소리는 아주 커서, 가까이 있지 않아도 따라 웃을 수 있었다. 그럴 때마다 에이는 연결된 것 같은 느낌을 받았다. 그러나 그 애가 미치는 영향의 범위가 넓었던 것뿐이고 그

지름 안에 다른 아이들도 많다는 사실을 알게 되었을 때 에이는 불행해졌다. 굳이 풀이하자면 그것은 독점욕이었다. 그러나 그러한 감정에 스스로 이유를 댈 수 없었기 때문에 에이는 다른 돌파구를 찾았다.

에이는 도서실에서 빌린 포켓사이즈의 식물도감을 가지고 다니면서, 학교 운동장을 둘러싼 나무들의 이름을 찾았다. 이름 모를 식물들의 이름을 알아내면 지금 가슴을 조이는 이 갑갑함이 풀리기라도 할 듯이.

사실 식물도감을 펼칠 일은 별로 없었다. 이미 대부분의 식물에는 표식이 붙어 있었다. 에이는 라일락과 목련과 자귀나무, 이미 꽃이 진 나무들의 이름을 외우고 주목과 향나무와 소나무의 차이점을 알아냈다.

오래 사는 것들, 끊임없이 변하는 것들.

시간은 너무 많았고 또한 너무 부족했다. 하루는 길었고 그러나 턱없이 짧았다.

달라졌어, 그런 얘기를 들었다. 어디가? 물어도 정확한 답은 얻을 수 없었지만 스스로도 그 말에 동의했다.

한번은 집에 온 손님과 거의 말다툼에 가까운 격한 대화를 하기도 했다. 엄마의 친구인 아주머니였고, 요즘 아이들에 대한 흔한 편견이 섞인 논평이 그 시작이었다. 듣고 지나칠 법한 말이었는데 에이는 참지를 못했다. 요즘 아이들이 무슨 생각을 하는지 진심으로 물어보기는 하셨냐고, 그리 쉽게 말해도 되는 거냐고 따지고 들었을 때, 놀란 엄마가 끼어들어 에이의 말을 막았다.

달아오른 얼굴로 죄송하다고 중얼거리고, 반은 강제적으로 반은 자의로 방에 돌아와 침대에 얼굴을 묻었을 때, 후회와 함께 피어오른 어떤 자신감. 혹은 만족감. 달라지고 있다는 자각.

손님이 돌아간 후 엄마에게 한 번, 퇴근한 아빠에게 한 번 더 야단을 맞았지만 괜찮았다. 걱정과 불안함이 담긴 눈빛이 에이는 도리어 좋았다. 나는 예전과 달라, 같다고 짐작하면 안 될 거야……. 하지만 그 자신감은 안개처럼 쉬이 흩어지는 것이기도 했다.

가끔은 흐리고, 가끔은 먼지가 많았고, 드물게 맑은 날들을 지나며 가을이 왔다. 화려하게 물들었던 잎들이 색깔을 그대로 간직한 채 바닥에 쌓이던 가을의 끝자락에 에이의 생일이 있었다.

전날 내린 비 덕분에 하늘은 보기 드물게 파랬다. 햇살은 조금의 여과 없이 쏟아져 내렸다. 햇빛이 강한 만큼 그림자는 짙어졌다. 빛과 어둠이 교차할 뿐인데도 눈을 뜰 수 없이 현란했다. 아스팔트 길은 아직 젖어 진한 검정색이었고 그 위로 떨어진 노란 은행잎은 마치 물감을 찍어 놓은 듯 선명했다.

생일이 아니어도 설렐 만한 날이었다. 에이의 친구들은 아침 일찍 등교해 칠판 가득 생일 축하 메시지를 써놓았다. 과자와 초콜 릿이 한 아름 들어 있는 간식 상자와, 몇 송이의 꽃, 텀블러, 색색 깔의 펜, 그리고 요즘 인기 있는 그룹의 씨디가 선물로 돌아왔다. 에이는 1교시 쉬는 시간에 반 모두에게 과자를 나누어 주었다.

쉬는 시간에 자리를 비웠던 아이들은 책상에 놓인 과자를 보고, 누가 주었는지를 묻고, 에이에게 손짓을 하며 고맙다고 말했다. 아, 생일이야? 생일 축하해! 하는 말을 덧붙여서. 그렇게 에이는 거의 모두에게서 생일을 축하한다는 말을 들었다.

거의, 모두에게서.

오후 수업이 끝날 때쯤에는 이미 오늘이 누군가의 생일이라는 사실은 흐려졌고, 하루는 평범하게 저물어 가고 있었다.

오늘은 야자를 빠지고 가족과 함께 외식을 할 참이었다. 그러나 에이는 미리 조퇴증을 끊어 놓고도, 다른 아이들은 모두 석식을 먹으러 내려가거나 집에 돌아가 아무도 없는 빈 교실에 앉아 머뭇 거리고 있었다. 남아 있는 게 있었다. 아니, 남아 있는 게 있기를 바랐다. 근거 없는 기대감이 씁쓸한 체념으로 바뀌고, 석식을 먹고 난 아이들이 아직 안 갔어? 물으며 교실에 들어오자 에이는 자리에서 일어났다.

운동장에는 어스름이 깔렸고 불 켜진 교실로부터 빛이 쏟아져 앞으로 길게 그림자를 드리웠다. 선물이 든 봉투는 무거웠고, 에이는 울고 싶었다. 이유는 모른다. 그저 슬프고 갑갑했다. 발이 무거워 땅에 질질 끌렸다.

그냥, 교실로 돌아갈까. 운동장 가장자리에서, 낙엽더미를 밟고 서서 에이는 생각했다. 똑같이 책상을 마주한 채 문제를 풀고 라디오를 듣고 졸고 있는 저 아이들 틈으로, 몇 십 명의 숨이 섞여 갑갑하고 쾌쾌하며 따뜻한 저 곳으로.

외식을 하고, 집에 돌아와 평소라면 볼 수 없었을 드라마와 예능을 보고, 잠자리에 들 때까지도 홀로 동떨어진 기분은 계속되었다.

그리고 열두 시 직전에 한 통의 문자가 왔다.

늦었지만, 생일 축하해.

참았던 눈물이 흘렀다. 이유를 알 수 없는, 알고 싶지 않은 눈물이었다.

에이가 느끼는 여전한 거리감. 그러나 뭔가 계기가 생긴다면, 누군가 끌어당긴다면 좁혀질 것 같은 기분. 에이는 붕 뜬 기분으로 며칠을 보냈다. 많은 것을 상상하고, 또한 해석하면서. 어쩌면 그 일이 주 남짓한 시간이 가장 행복한 시기였으리라.

좁혀질 수 있다는 것은 멀어질 수도 있다는 것과 같은 말임을 그때는 왜 몰랐던가.

겨울의 초입, 누군가 수위실에 삐를 위한 꽃다발을 맡겨 놓았다는 소식이 전해졌다. 야자 시간이 가까워질 무렵 삐는 그 꽃다발을 들고 교실로 들어왔다. 우와 하는 탄성이 교실을 채웠다. 지루한 학교생활을 뒤흔들만한 이벤트였다. 옆 반의 누가, 혹은 선배들 중 누가 그런 적은 있다고 해도 이 반에서는 처음 일어난 일이었으므로 모두가 흥분했다.

누구야? 너 사귀는 사람 있었어?

아니, 그런 거 아닌데.

삐는 곤란해 보였다.

빨간 장미 꽃다발이었다. 포장지가 조악하다고, 에이는 생각했다. 그리고 장미는 삐와는 전혀 어울리지 않았다. 빨간색은 더더욱 그랬다. 자신이라면 삐를 위해서는 초록 잎들이 많이 섞인 자연스러운 색깔의 꽃들을 고를 것이었다.

꽃다발은 아이들의 손을 거치고 거쳐 다시 삐에게까지 돌아왔다.

삐는 장미 꽃다발을 책상 위에 놓았다가, 가방에 넣었다가, 교실 밖으로 들고 나갔다가 빈손으로 돌아왔다.

야자 1교시 중간에, 사물함에 든 책을 가지러 나온 에이는 그 꽃다발이 사물함 위에 올려진 것을 발견했다. 대충 던져 놓고 간 모양새였다.

에이는 꽃잎을 만졌다. 차가웠고, 신선했다.

꽃다발을 바닥으로 끄집어 내린 것은 순간이었다. 바스락 비닐 구겨지는 소리가 텅 빈 복도를 울렸고, 에이는 금방이라도 아이들이 나올 것 같아 겁을 먹었다. 그러나 복도는 여전히 고요했다.

에이는 살며시 장미 위에 발을 올렸다. 힘을 주어 밟고, 비볐다. 실내화 밑에서 꽃들이 뭉개지며 비린내가 났다. 차가운 냄새였다.

자리로 돌아온 뒤로도 그 냄새는 코끝에 붙어 사라지지 않았다.

고여 데워진 물처럼 따뜻하고 탁한 교실 안에서 에이는 뒤늦게 자기가 저지른 일을 실감했다. 심장이 빠르게 뛰었다. 빈 말으로도 실수라고는 할 수 없었다. 분명한 의도를 가지고, 다른 사람의 물건을 망가뜨린 것은 처음이었다.

그럼에도 두려움이나 후회보다 강렬했던 것은, 알아주기를 바라는 마음이었다. 그 마음은 너무나 뜨겁고, 굴절되어 있고, 죄책감과 열정을 함께 불러일으키는 것이었다.

야자가 끝나기를 두려워했던가, 아니면 기다렸던가. 마침내 종이 치고, 에이는 가방을 챙기며 복도로 나가는 삐의 뒷모습을 바라보았다.

삐가 어떻게 반응할까. 누가 그랬어! 하고 화내는 모습? 아니면 말없이 돌아와 에이를 바라보는 모습. 몸이 떨렸다. 그것은, 아마도 기대였을 것이다.

하지만 아무 일도 일어나지 않았다. 기다리다 못한 에이가 교실 문을 나섰을 때 삐는 꽃다발을 질질 끌듯이 들고 계단을 내려가고 있었다. 그리고 그 모습은 곧 아이들에게 가려 보이지 않게 되었다.

에이는 삐를 좋아한다는 어떤 사람에 대한 이야기를 들었다. 꽃다발을 준 사람. 에이로서는 감히 상상 못할 어떤 사회 활동과 관련되어 있었다. 꽃다발을 받은 것이 계기로 그 사실이 학교에도 알려지는 바람에 그런 활동을 좋아하지 않는 선생에게 삐가 불려 갔고, 그리 심각하지는 않지만 귀찮을 문제들을 만들어 내었다는 소문이었다.

삐는 피곤해 보였다. 쉬는 시간에는 주로 엎드려 있었고, 친구들이 불러도 귀찮다며 식사를 거르는 일도 잦았다. 머리 위로 뒤집어쓴 무릎 담요를 들어 올리고 괜찮냐고 물어보는 것은 에이의 몫은 아니었다.

에이가 처한 상황은 더 가팔랐다. 삐를 위로하고 싶었다. 그러나 삐가 부르지 않는데, 에이가 뭘 할 수 있을까. 나 혼자만의 착각이었나? 에이는 혼란스러웠고 그 헷갈림은 분노의 원인이 되었다.

삐가 원망스러웠다. 에이는 삐에게 되갚아 주었다. 상상 속에서, 삐가 자신을 불러도 대답하지 않는 것으로.

균열. 갈라져 떨어져 나간 것들.

온갖 몽상들이 그 자리를 채웠다. 그 몽상의 끝은 언제나 좋지 않은 맛이 났다.

올이 풀린 목도리처럼, 매듭짓지 않은 편물은 만들어지던 모양을 잃고, 구불구불한 실은 풀려나간다.

고장 난 형광등처럼. 불이 들어올 때까지 너무 오래 걸려서 이게 맞나, 아닌가 계속 껐다 켰다 하다 보면 지금 내가 켠 것인지 끈 것인지도 헷갈리게 되는.

에이는 자주 야자를 빠졌다. 처음에는 선뜻 허락을 해 주던 담임이 심각하게 무슨 일인지를 물어본 것은 2학기 마지막 시험을 앞두고였다.

무슨 일이 있느냐는 질문에 에이는 대답하지 못했다. 무슨 일, 있었나.

정신 차려야지. 생각했다. 몇 페이지 쓰다 만, 학기 초의 포부가 담긴 하드커버 일기장을 다시 펴 보았다. 그러나 그것을 쓴 자신과 지금의 자신 사이에는 메울 수 없는 간극이 있었다.

왜 모든 것은 흩어지며 -멀어지며- 찢어지는가. 하나로 합쳐질 수 없이, 기대할 수도 없이.

압박감에 이어폰을 꽂고 풀어대는 수학 문제들. 랜덤으로 설

정해 놓은 플레이리스트에서 흘러나온, 언젠가 삐가 들려줬던 그 노래.

에이는 이어폰을 뽑아 던지고 교실을 뛰어나왔다. 음악 선생이 비워 준 자습 시간이었고, 교탁 앞 의자에 선생님이 앉아 있었는데도. 웅성거림이 에이를 뒤따라왔다. 복도를 지나, 모퉁이를 돌아…… 어디로 가지? 갈 곳은 없다.

에이는 결국 화장실 가장 안쪽 칸으로 숨어들었다. 문을 잠그고 발을 굴렀다.

억울해. 왜. 나는. 나만. 문장이 되지 못한 말들이 입안을 찔러 댔다. 가슴을 쳐도 풀리지 않는 답답함, 차라리 펑 폭발해 버리는 게 나으리라…….

똑똑. 누가 화장실문을 두드렸다. 모든 생각이 정지했다. 숨조차 죽이고, 에이는 닫힌 문을 바라보았다.

괜찮니?

익숙한 목소리. 그리고 전혀, 다른 목소리. 반장이었다.

아…… 배가 아팠어서……. 이제 괜찮아.

그래. 선생님께는 잘 말씀 드렸어. 바로 보건실 가서 쉬래.

친절한 반장의 말. 멀어져 가는 발소리.

확인 받은 느낌이었다. 홀로 애태우던 기다림은 끝났다.

실밥이 너덜거리는 미완성의 뜨개 뭉치를 들고, 주머니에 쑤셔

넣고, 어디론가 가야 하는 것이다.

2월의 종업식. 아이들은 소란스레 서로의 반을 확인했다. 에이는 친구들과 반을 비교하며 실망하고 기뻐하는 동안 내내 삐 쪽을 의식하고 있었다. 그러다 4반이야, 하는 말에 긴장이 풀렸다. 같은 반이고 싶었던 걸까. 아니면 차라리 다른 반이 되길 원했나. 이미 결정이 되어 버린 후에야 에이는 자신의 마음을 점검했다.

사물함을 정리하는 게 큰일이었다. 미리 윗반에 가져다 놓으면 안 되느냐는 불평. 버릴 종이들이 넘쳐흐르는 재활용 박스와 이거 어쩌라는 거냐며 화를 내는 주번의 목소리.

에이는 사물함 앞에 쭈그리고 앉아 망연자실했다. 종이봉투에 문제집을 한 권씩 담을 때, 어쩔 수 없이 생각나는 장면.

그때, 누군가 에이 옆에 앉았다. 옆 사물함의 주인? 아니었다.

"친해지고 싶었는데."

더없이 평범한 말. 그리고 앞으로 에이가 수백 번 곱씹어 해석하고, 분해하고, 구겼다 펴게 될 말이었다.

두 사람이 다시 가까이 마주하는 일은 없었다.

스쳐지나갈 때마다, 혹은 뒷모습이나 옆모습을 보게 될 때마다 가슴 안쪽을 긁고 지나가는 차갑고도 달콤한 아픔은 점차 무뎌지고, 날로 강해지던 몽상도 시들해 지고, 돌아온 자리는 평범한 사이. 복도에서 마주치면 인사하는. 서로 다른 친구들과 팔짱을 끼고 지나가는.

그러나 평범하지만은 않은 사이. 체육대회 날 계주 주자로 나온 그 애를 보면서 다른 아이들이 하듯 크게 이름을 부를 수는 없었으니. 버스 정류장에 혼자 남게 되는 순간이면, 비가 오는 토요일이면, 집으로 올라가는 언덕배기에서, 단 한 번이라도 떠오르지 않았던 적이 있었던가.

쓰고 남은 편지지는 그대로 서랍 안에 들어가 있고 방학 때마다 방을 뒤집어 정리할 때도 차마 버리지 못했던 것은.

시간을 건너 졸업식으로 간다. 너무나 추웠던, 교복 위에 겹쳐 입은 패딩 밖으로 나온 손이 얼어붙듯 차가워 꽃다발조차 들기 힘들었던 날.

강당에서의 기나긴 졸업식을 마치고, 다시 교실로 돌아가야 하는 아이들은 투덜거리며 종종걸음으로 운동장을 가로질렀다. 한꺼번에 아이들이 몰려들어 서로를 밀어대던 현관 앞에서 몇 사람 건너의 너를 보았다. 빨리 들어가고 싶은 마음은 전혀 없는 듯, 이쪽을 돌아보고 있는 너.

오래, 눈이 마주쳤다고 생각했다.

첫사랑이었다.

가방에
담아요,
마음

오늘이 마지막이다. 공연장으로 오는 내내 되뇐 말이었다. 공연이 끝나면 문자와 사진을 삭제하고, 연락처도 지울 것이다.

결심은 유즈루를 본 순간 흔들렸다. 낯익은 회색 티셔츠에 평소처럼 붕 뜬 머리카락, 눈이 마주치자 둥글게 휘어지는 처진 눈매. 유즈루는 기타 피크를 잡은 손을 들어 가볍게 흔들었다. 나도 마주 손을 들었다. 울고 싶은 걸 꾹꾹 눌러 참으면서.

지난 봄 셋째 고모의 전통 결혼식에서 막내 삼촌이 데려온 유즈루를 처음 만났다. 단정하게 목까지 채운 단추와 면바지에 구두. 차림새나 느낌이 낯설다 싶더니 일본인이었다.

나보다 두 살 위, 스무 살이었고 삼촌이 일하는 대안학교에서 알게 된 사이라고 했다. 안내를 해 주라는 삼촌의 당부를 곧이듣고 모든 걸 다 설명해 주려 애썼다. 마침 제2외국어가 일본어이기도 했다. 더듬거리며 일본어를 늘어놓는 나를 보며 유즈루는 빙긋 웃었다.

- 일본어 잘 하네요. 그런데, 한국말로 해도 되는데.

살짝 어색하긴 해도 자연스러운 말투였다. 놀라고 창피해서 입을 다물어 버렸다. 나중에 삼촌한테 짜증을 냈다.

- 뭐야, 한국말 잘 하던데.

- 어, 재일교포 3세야. 한국은 처음이래. 1년 있을 거니까 예린이 너도 신경 좀 써 줘.

뭘 어떻게 신경을 쓰나. 만날 일도 없는데.

하지만 의외의 장소에서 유즈루를 다시 만났다.

여름방학이면 일주일씩 가 있는 할머니 집. 슈퍼에 가려 해도 차를 타고 십 분은 가야 하는 시골이었다. 보이는 모든 것이 지루한 초록이었지만 삼촌이 유즈루를 데리고 차에서 내린 순간 색깔이 바뀌었다. 훨씬 다채롭고, 생생하게.

삼촌은 일이 있다며 먼저 올라가고 유즈루는 나흘이나 거기 있었다. 유즈루는 밥값을 하겠다며 온갖 일을 했다. 잡초 뽑기부터 나무 자르기, 비닐하우스에 물 주기, 셋째 날에는 아침부터 할머니가 시키지도 않은 창고 지붕 수리까지 하겠다고 나섰다.

평소라면 시원한 집안에서 텔레비전을 보거나 폰 게임을 했을 테지만 그날은 밖에 나와 유즈루를 도왔다. 그래 봤자 가끔 못이나 비닐 같은 걸 집어 주는 게 다였다. 유즈루는 땡볕 아래서 능숙하게 못질을 했다. 얼굴은 벌겋게 익고, 회색 티셔츠는 푹 젖어서 검정이 되었다.

대충 큰 틀이 마무리될 때쯤 할머니가 간식을 가져다 주었다. 우리 둘은 단풍나무 아래 평상에 앉아 얼음을 넣고 갈은 토마토 주스와 찐 옥수수를 먹고 마셨다.

– 안 힘들어요?

– 괜찮아. 재미있어. 원래 이런 거 좋아해. 고치고 만드는 거.

싱긋 웃는 얼굴이 맑았다.

유즈루는 한국 학교는 어떠냐고 물었고, 나는 한숨을 섞어 가며 한국 고등학생들이 얼마나 찌들어 사는지 말해 주었다.

유독 말이 잘 나오는 상대가 있다. 유즈루가 그랬다. 어느새 나는 점심시간에 외출 나갔다가 시간 못 맞춰 들어와서 교통사고 난 척 거짓말했던 것과, 좋아하는 국어 선생님이 암으로 휴직하게 되어 울었던 얘기까지 하고 있었다.

너무 말을 많이 했나, 머쓱해져 입을 다물자 유즈루는 자기 이야기를 했다. 한국에 딱 세 번 와봤다는 아버지 이야기, 인도 여행한 이야기, 그리고, 유즈루의 꿈 이야기.

– 세계 여행을 하고 싶어. 한 오 년 정도.

세계 여행, 그 흔하디 흔한 말이 유즈루의 입에서 나오자 완전히 다른 이야기처럼 느껴졌다. 현장감과 생활감을 가진 구체적 계획이었다.

– 돈이 많이 들지 않아요?

– 벌면서 다니면 되지.

이렇게 사는 사람이 진짜 있구나. 책이나 만화 속 주인공이 튀어나와 내게 말하고 있는 것 같았다.

– 아이스크림 먹고 싶지 않아? 슈퍼 갔다 올래?

– 거기 멀어요. 차 타고 가야 하는데.

– 자전거 타고 가면 되지.

– 나 자전거 못 타는데.

유즈루는 세상 무너진 표정을 짓고는 자기 뒤에 타라고 했다. 농협 슈퍼까지는 자전거로 이십 분. 차와는 비교 안 되게 느린 속도, 그러나 바람에 눈이 시려 유즈루의 등 뒤로 숨어야 할 만큼은 빨랐다.

돌아올 때는 아이스크림을 먹으며 걸었다. 이 익숙한 길에 처음 보는 것들이 너무 많았다. 저기 저런 집이 있었나, 저런 나무가 있었나, 저런 꽃들이 피어 있었나…… 어째서 이렇게 새로울까. 그때 이미, 내 마음은 부풀어 오르고 있었나 보다.

유즈루는 다음 날 먼저 서울에 돌아갔다.

- 서울 가서도 보자. 연락할게.

걸치레 인사도 유즈루가 말하니 현실이 되었다. 정말로 연락을 주고받는 사이로, 편히 반말하는 사이로.

그게 끝이 아니었다. 삼촌 소개로 유즈루는 우리 엄마 카페에서 알바를 하게 되었다. 구석 자리에 문제집을 펴고 앉아 있으면 유즈루가 주스와 빵을 가져다 주었다. 손님 없을 땐 얘기도 할 수 있었다.

유즈루는 한국 친구들과 홍대에서 밴드 하는 이야기를 했다.

- 고등학교 때 오케스트라 했는데, 콘트라베이스 했었어. 알지? 큰 거, 클래식.

유즈루는 팔을 벌려 큰 통을 잡는 것 같은 흉내를 냈다. 클래식, 하고 발음하는 억양이 역시 일본인 같았다.

- 악기를 가져올 순 없으니까, 지금은 전자 베이스. 친구 꺼 빌려서 하고 있어.

- 그럼 노래도 만들어?

- 몇 개 안 만들긴 했는데, 있긴 있어. 한국어 노래도 하나 썼고.

불러 달라고 졸랐다. 자긴 보컬이 아니라며 손사래 치던 유즈루가 낮게 흥얼거렸다. 나는 턱을 괴고 그 노래를 들었다.

사랑 노래가 아니었다. 웃음 나오는 노래도 아니었다. 그건, 외로움에 대한 노래였다. 뻥 뚫린 구멍에 대한 노래. 그 구멍은 가슴 속에 있는 것도 같고 머리 위에 있는 것도 같고, 손바닥에 있는 것도 같아서 주먹 쥐면 더욱더 선명하게 느껴진다는, 그런 노래.

이상했다. 왜 이런 노래를 만든 거야? 어디든 갈 수 있고 뭐든 할 수 있는 사람이. 전혀 외로워 보이지 않는 사람이.

그래서 더 좋았다. 유즈루의 빈틈, 바람이 새어 들어오는 그 구멍을 내가 채워 줄 수 있을 거라고 생각했다. 아무것도 몰랐던 때의 멍청한 기대였다.

카페에 찾아온 어떤 언니. 여자 친구야, 환한 얼굴로 소개하던 유즈루.

짐작 못한 건 당연했다. 유즈루는 여자 친구와 약속이 있다거나 연락을 한다는 기미조차 보이지 않았다.

— 두 달 동안 인도 갔다가 지난주에 돌아왔어.

자랑스러워하는 말투로, 유즈루는 그 사람을 소개했다.

— 내년엔 같이 호주에 갈 거야. 워킹 홀리데이를 신청했거든.

나 혼자 무슨 삽질을 했던 거야. 쪽팔리고, 어이없고, 눈물이 났다. 설렜던 추억들이 모두 쓰레기통에 처박혀야 할 오물로 바뀐 건 한 순간이었다.

나한테 왜 그랬어? 왜 다정하게, 왜 의미 있게……. 아니다. 유즈루는 어장 관리조차 하지 않았다. 그 언니를 대하는 유즈루의 태도를 보고 알았다. 유즈루가 내게 보여 준 마음은, 적당한 배려에 불과했다는 걸.

하루가 멀다 하고 드나들던 카페에 발을 끊자 엄마가 무슨 일이냐고 물어봤다. 유즈루에게서도 요즘 왜 안 보이느냐고 문자가 왔다. 아무렇지 않게, 공부할 게 좀 많았다고 대답하면서도 입술을 물어뜯었다. 자꾸 떠오르는 기억들이 면도날처럼 내 피부를 그어대는 느낌인 것은, 배신감 때문일까, 자괴감 때문일까, 아니면 내가 여전히 유즈루를 좋아하고 있기 때문일까.

이렇게는 싫었다. 끌려가고 싶지 않았다.

"다음 곡은 우리 베이스 승민 씨가 만든 노래입니다. 승민 씨가 일본에서 왔거든요?"

보컬이 유즈루의 한국 이름을 말했다. 승민, 찌르듯 아팠다. 유즈루는 내게 한국 이름을 가르쳐 준 적이 없었다. 그, 언니가 승민이라고 부르는 걸 듣고 알게 된 이름이었다.

"손을 쥐고 있을 땐 더욱 허전해, 그 구멍이 거기, 내가 혼자인 것을 말해주네-"

……유즈루가 일본으로 돌아가면 어떻게 만날지를 고민했었는데. 영상통화를 하고, 메일을 쓰고, 서프라이즈로 일본에 찾아가보는 상상까지 했었는데.

내 마음은 도대체 어디까지 달려 나갔던 걸까. 같이 달리고 있다고 생각했다. 마중 오는 마음이 있는 줄 알았다.

공연은 결국 끝이 났다. 이제 마지막 인사를 해야 한다. 떨려 오는 입술을 꾹 다물고 관객들에게 사인을 해 주고 있는 유즈루를 보고 있는데 그 언니가 다가왔다.

"와, 온 줄 몰랐어요. 공연 재밌었어요?"

내 나이를 알면서도 이 언니는 꼬박꼬박 존댓말을 했다. 스웨터에 청바지, 편한 차림새였다. 그래도 남달라 보였다. 치마에 부츠까지 챙겨 입고 온 내가 한 번 더 초라해졌다. 언니는 내 옆에 앉더니 재밌다는 듯 속삭였다.

"오, 승민이 인기 많네요."

유즈루는 끊임없이 사인을 하고 있었다. 작은 꽃다발도 두 개나 받았다. 마침내 사인을 마친 유즈루가 이쪽을 보며 손짓을 하더니 카페 문을 나섰다. 어디 가는지는 몰라도, 하나는 확실했다. 유즈루가 신호를 보낸 것은 내가 아닌 그 언니라는 거.

"저는, 가 볼게요."

"어, 승민이 안 보고 가요? 지금 화장실 간 거 같은데."

"저기, 저 시간이 늦어서요, 집에서 걱정하시니까……."

멍청한 소리, 겨우 아홉 시밖에 안 되었는데. 하지만 지금은 이 장소를 벗어나고 싶을 뿐이었다.

황급히 카페 유리문을 밀고 나오는데 한 층 위에서 내려오던 유즈루와 마주쳤다.

"왜, 바로 가야 해? 그럼 버스 정류장까지 바래다 줄게. 잠깐, 겉옷 좀 가져올게."

됐다는 말을 못했다. 건물 밖에 나와 차가운 공기를 들이마시자 날카로운 칼날을 삼킨 듯 가슴이 아파 왔다. 빨리 이 불빛이 미치지 않는 곳으로, 저 골목 끝의 어둠 속으로 들어가 숨어 버리고 싶었다.

"미안, 많이 기다렸지."

유즈루가 계단을 뛰어서 내려왔다. 여미지 못한 가죽 재킷 앞자락이 펄럭였다.

"재밌었어?"

유즈루의 목소리는 평소보다 높았다. 재미있었어, 보컬 노래 잘하더라, 사람 많던데. 질문에 대답은 했지만 내 입에서 나오는 말들이 내 것이 아닌 것 같았다.

버스 정류장까지 십 분 남짓 함께 걸으며 나는 유즈루와 마지막이 될 대화를 했다. 하나도 마음에 닿지 못하는 그런 말들, 기억되지 않을 말들을.

버스 정류장은 조용했다. 빵집과 편의점에서 흘러나오는 빛이 유즈루의 옆얼굴을 비추었다. 마르고, 각진 얼굴. 아까 좁은 무대에서 베이스를 연주할 때와는 사뭇 다른, 가라앉은.

무슨 생각을 하고 있을까. 빨리 그 자리로 돌아가고 싶을까. 거기엔 나보다 유즈루를 잘 아는 사람들, 더 많은 이야기를 할 수 있는 사람들이 있다. 억지로 유즈루를 내 곁에 붙잡아 둔 것처럼 씁쓸했다.

"도착하면 연락해."

버스 계단을 오르는데 뒤에서 유즈루가 말했다. 왜 그런 다정한 말을 하는 거야. 창밖의 유즈루에게 손을 흔들었다. 유즈루는 한 손은 바지 주머니에 꽂은 채로 손을 마주 흔들었다. 억지웃음을 짓던 입가가 파르르 떨리기 시작했을 때, 버스는 출발했다.

그리고, 나는 울음을 터뜨렸다.

내내 참았던 눈물이었다. 흑흑 소리 내어 울었다. 누가 쳐다보던 말든, 이상한 애로 생각하던 말든 상관 없었다. 집에 가는 내내 맘껏 울고 나면 괜찮아질까. 제발, 그러길 바라면서 울었다.

그때였다. 덜컹, 큰 소리를 내며 버스가 멈추었다. 몸이 휘청거리고, 놀라서 눈물마저 쏙 들어갔다.

"에이씨-"

운전석에서 아저씨가 욕을 내뱉었다. 그러더니 앞문이 덜컹 열렸다.

"죄송합니다. 차 퍼졌어요. 다음 차 타세요."

"아유 아저씨! 다리 위에 세우면 어떻게 해요!"

어느 까칠한 아줌마가 소리쳤다. 그냥 차도도 아니고, 한강 다리 위였다. 버스가 다리로 접어 들자마자 멈춰 버린 것이다.

몇 안 되는 승객들이 투덜거리며 내렸다. 인도로 난간을 넘어가야 했는데, 버스 기사 아저씨가 한 명씩 팔을 잡아 주면서 죄송합니다, 영혼 없이 인사를 건넸다.

사람들은 버스가 온 길을 되짚어 갔다. 바로 가까이 다리를 내려갈 수 있는 계단이 보였다. 그리로 내려가 길을 건너가면 출발했던 바로 그 정류장이었다. 거기서 다른 버스를 기다리면 되는 건데.

나는 몸을 돌려 다리 건너편을 향해 걷기 시작했다.

왔던 길을 되짚어 가기 싫었다. 유즈루와 헤어졌던 곳으로 돌아가기 싫었다. 차라리 사람 하나 없는 밤의 한강 다리를 걷는 것이 나았다. 걸으면서 마저 울고 다 털어 내자. 처음엔 완벽한 계획처럼 생각되었다.

후회하기 시작한 것은 열 걸음도 채 못 걸은 뒤였다. 울기는커녕 이러다 얼어 죽겠다 싶은 위기감이 닥쳐왔다. 거칠 것 없이 밀어닥치는 칼바람에 치마 밑 다리가 찢기는 기분이었고 부츠 속 발가락은 걸을 때마다 부서질 듯 아렸다.

못가겠어, 돌아가자 생각했을 때 저 앞에 동그랗게 부풀어 있는 불빛이 보였다. 순간 오싹해졌다. 아무도 없는 것도 무섭지만 뭐가 있는 건 더 무서웠다.

아…… 뭔가를 촬영하고 있었다. 조명 밑으로 사람들이 입고 있는 검은 패딩 뒤의 글씨가 보였다. 영화와 연극으로 유명한 대학의 이름이었다.

주춤거리며 가까이 다가서자, 빨간 경광봉을 들고 있던 남자가 나를 보고 길을 터줬다.

"죄송합니다, 이쪽으로 지나가세요."

길이 좁아서 사람들 사이로 밀고 들어가는 꼴이 되었다. 민망했지만 따뜻했다. 이대로 다리 끝까지 바람을 막아 줄 사람들의 벽이 있었으면 좋겠다. 그러나 한 발짝이면 다시 찬바람이 휘몰아치는 외길을 나 홀로 걸어야 한다…….

그때였다.

"어! 가방! 잠깐만요!"

사람들 사이에서 한 여자가 외쳤다. 나더러 하는 말인가? 어리둥절했다. 동그란 안경을 쓴, 키 작은 여자가 달려와 내 팔을 잡고는 내가 옆으로 매고 있던 갈색 에코백을 이리저리 살펴보았다.

"이 가방! 좀 빌려주실 수 있어요?"

"네?"

사람들이 웅성거리며 나와 그 여자를 둘러쌌다.

"맞다, 비슷한데?"

"아예 똑같은 거 아니야?"

이게 무슨 상황이지? 가방을 움켜쥐고 갈피를 못 잡고 있는데, 노란 캡 모자를 쓴 남자가 혀를 차며 다가왔다.

"아이고 누나, 감독님. 지나가던 사람 붙잡고 뭐하는 거예요. 상황 설명을 좀 해야지."

상황은 이랬다. 졸업 작품 영화를 찍고 있는데, 소품 담당 스태프가 주인공 가방을 집에 두고 오는 바람에 촬영 시작을 못하고 있던 차라고 했다. 그런데 똑같은 가방을 맨 내가 나타난 것이다.

"그 가방, 십 분만 빌려주시면 안될까요?"

감독이라는 언니가 내 손을 꼭 잡았다.

"인간적으로 거짓말은 하지 맙시다, 십 분은 무슨. 한 시간?"

노란 모자, 조연출이라는 오빠가 끼어들었다. 감독 언니는 아랑곳하지 않고 간절하게 말했다.

"늦어지면 택시비 드릴게요! 아니면 가방만 빌려주시고 주소 주시면 택배로…… 아니, 내일 저희가 바로 집에 가져다 드릴 수도 있어요."

평소라면 됐어요, 하고 도망쳤을까? 가방은 주고 못 받을 각오

하고 가 버렸을까.

"쓰세요…… 기다릴게요."

내 말에 감독 언니는 그야말로 얼굴에 불을 켠 것처럼 환하게 웃었다.

"됐다! 살았어! 모두 스탠 바이!"

나는 조연출 오빠가 준 종이봉투에 가방에 들어 있던 걸 넣었다. 좋은 자리에 앉아서 기다리라며, 조연출 오빠가 날 간이 의자 쪽으로 데리고 갔다. 거기엔 전기난로도 있어서 몸을 녹일 수 있었다. 뭔가에 홀린 기분이었다.

조연출 오빠는 보온병에서 차까지 따라 주었다. 모르는 사람이 주는 건 마시면 안 되는데…… 괴담이 스쳐 지나갔지만 지금은 그런 것마저 감당할 수 있겠다는, 감당하고 싶다는 마음이 들었다.

"좀 써요, 근데 이거 마시면 절대 감기 안 걸려요."

뜨겁고 맵고 달았다. 생강과 유자의 맛이었다.

촬영 현장은 분주하게 돌아가고, 조연출 오빠는 내 옆에 붙어 앉아 - 의자가 더는 없어 은색 금속 가방 위에 앉았다 - 이런저런 말들을 했다. 촬영을 미뤄야 하나, 소품 구해 올 때까지 기다려야 하나 곤란해 하던 참이었다고 했다.

"저 누나, 아니 감독님이 열 받아 가지고 소품 맡은 애를 아주 조져 놨…… 아니, 야단을 심하게 치셨거든요. 지금 이 장소 허가 받는 거부터, 장비 빌려 온 거, 스태프들 배우들 불러 모은 거, 돈으로 치면 얼마예요. 오늘 씬도 두 개나 찍어야 하거든요. 걔가 집이 의정분데, 택시 타고 가도 갔다 왔다 한 시간 반은 걸린단 말예요. 아니 맨날 학교 앞 친구 집에서 자더니 어젠 또 무슨 바람이 불어서 집에 갔대. 걘 방금 택시 타고 집으로 출발했어요. 아이고, 해결됐으니 오라고 해야겠네."

스마트폰을 만지는 바쁜 손. 그러면서도 입은 쉬지 않았다.

"장소가 이러니 어디 들어가서 기다리지도 못하고, 배우는 밤에 다른 스케줄 있다고 하고. 총체적 난국이었어요."

저쪽에서 감독 언니가 외쳤다.

"누가 동주 전화 했니? 걔 그냥 오라고 해!"

내게 말하고 있던 조연출 오빠가 크게 말했다.

"문자 보냈어요! 강변 타고 가는 길인데 택시 돌렸대요!"

그러더니 날 보고 찡끗 웃었다.

"아까 그 난리 쳐 놓고, 본인도 마음 안 편했을 걸요. 저 누나 졸업 작품인데, 저 누나가 엄청 까다롭거든요. 걔, 소품 담당 애가 좀 어리바리해서 욕 받이 하고 있어요."

아무도 내 이름이나 나이 같은 걸 묻지 않았다. 그냥 존댓말을 쓴다. 내가 고등학생으로 보일까? 아니면 대학생이라고 생각할까? 넉살 좋은, 조금 오지랖이 넓은 것도 같은 조연출은 내게 대본 까지 쥐어 주었다.

대본 맨 앞에 제목이 적혀 있었다. 〈가방에 담아요〉. 페이지를 넘기려는데 감독 언니가 다시 울상이 되어서 이쪽으로 왔다.

"근데, 여기 뭣 좀 묻혀도 되나요? 원래 가방보다 너무 깨끗해 서……. 세탁비는 드릴게요!"

상관없었다. 이미 넘긴 거, 물을 부어도 상관없을 거 같았다. 감 독 언니가 가고, 조연출 오빠가 고개를 끄덕였다.

"맞다, 이거 앞 씬이 가방에 흙을 담는 거였거든요. 갑자기 깨 끗해지면 이상하죠. 이게 무슨 얘기냐면, 가방에다 뭘 담아다 주 는 거예요, 계속. 가방 째로요. 근데 가방이 자꾸 주인공한테 돌아 와요. 만족을 못한 거죠. 가방이 만족할 때까지, 주는 걸 계속 하는 얘기에요."

"……가방이 만족한다고요?"

"재밌죠?"

조연출 오빠가 씩 웃었다. 사람들이 내 가방을 바닥에 문질러 대는 게 보였다. 헉 소리 나려는 걸 참았다.

"진짜, 저희 살려 주신 거예요. 사람은 바뀌어도 가방은 바뀌면 안 되는 거라서. 가방에 뭘 넣든, 그걸 전달하는 게 영화의 핵심이 래요. 지난번엔 감독님이 키우는 고양이 넣은 적도 있어요. 배우는 따뜻해서 좋았다고 하더라고요."

"지금은 뭘 넣는대요?"

갑자기 궁금해졌다. 조연출 오빠가 인상 썼다.

"그게…… 기분 나쁠까 봐 말하기가 좀 그런데……."

설마. 이상한 거 아니겠지? 더러운 건가? 어쩌지? 저 가방 이대로 버리게 되나? 조연출 오빠가 몸을 기울이고 목소리를 낮췄다.

"피요."

"네?"

소름이 돋아서 나도 모르게 몸을 뺐다. 그러자 조연출 오빠가 씩 웃었다.

"농담이에요."

무슨 그런 농담을 하나, 피라니. 조연출 오빠가 말을 덧붙였다.

"피는 아직 안 찍었어요. 대본에 있긴 하더라고요. 오늘 가방에 들어가는 건, 마음이에요."

마음? 되물어 볼 틈은 없었다.

"촬영 시작합니다! 스탠바이!"

어수선하던 분위기가 순식간에 정리되고 집중되었다.

조명 아래, 내 가방을 매고 걸어오는 것은 시원한 인상의 예쁜 여자였다. 얼굴을 아는 유명한 배우는 아니었지만 그 사람이 매고 있으니 내 가방조차 특별해 보였다.

그런데 저 가방에 지금, 마음이 들어 있다고? 뭔가 넣긴 했는지 가방이 좀 부풀어 있었다. 소리가 나지 않게 조심하면서 대본을 뒤적였다. 눈치 챘는지, 조연출 오빠가 바로 페이지를 찾아 주었다.

씬 34. 마음. 정말이었다.

여자 배우가 남자 배우에게 물었다. 대사가 띄엄띄엄 들렸다.

"여기, 봄에 와 본 적 있어요? 저 섬의 나무들에 새싹이 나면요, 연둣빛 구름이 내려앉은 것 같아요. 그걸 보고 있으면 저 밑에 내려가 보고 싶어져요……."

컷 소리가 나고, 감독 언니가 배우들에게 가서 뭐라고 이야기를 했다. 분위기가 잠시 느슨해졌다. 조연출 오빠가 말했다.

"연기 잘하죠? 앞으로 잘될 거 같아요. 이번에 케이블 드라마 조연 하나 맡았대요. 실은 지금 이거 찍고 바로 그쪽 현장 가야 한대요. 저기, 저 아저씨 보이죠? 매니전데, 맨날 빨리 끝내라고 압박이 장난 아니에요. 근데 저분이 잘 풀리게 된 게 우리 작품 하기로 하고 나서거든요. 그게, 작품마다 기운 같은 게 있어요. 잘 맞는 작품을 만나면 배우도 잘 풀린단 말이에요. 그럼 우리한테 고마워해야 하는 거 아닌가? 나 같으면 커피라도 돌리겠다."

"근데, 왜 마음이에요? 무슨 마음이요?"

쾌활하게 말을 늘어놓던 조연출 오빠가 입을 다물었다.

"그러게요. 좋아하는 마음일지, 싫어하는 마음일지. 마음을 전달한다고 해서, 뭐가 달라지긴 할까요."

마지막 말에는 어쩐지 한숨이 섞인 것 같았다.

다시 촬영이 시작되었다. 차가 지나가거나 배우가 실수를 하면 다시 처음부터 찍었다. 반복해서 들으니 대사가 점점 분명히 들리기 시작했다.

"여기, 마음이에요. 어디 버려도 상관없어요. 내가 가지고 있기엔 너무 벅차요."

마음을 준다는 건 어떤 의미일까. 당연히 좋아한다는 의미일 거라 생각했었다. 싫어하는 마음을 줄게, 라고 말할 수도 있을까. 그럼, 받는 사람은? 받는 사람 모르게 마음을 줄 수 있는 걸까? 그렇게 준 마음에 무슨 의미가 있을까? 포장도 풀러지지 않고 먼지 쌓이는 선물 같다면.

자꾸 유즈루 생각이 났다. 내 마음 같은 건 유즈루에게는 아무 상관이 없었다. 받는지도 모르고 받은 마음 같은 건.

"컷! 넘어갑시다!"

숨죽인 듯 멈췄던 사람들이 얼음 땡, 하고 풀린 듯 움직였다. 조명을 점검하고, 배우들의 머리와 화장을 고치고, 옷을 갈아입힌다. 나도 모르게 긴장했던 어깨를 축 늘어뜨리고 고개를 돌리는데, 사람들 사이로 다리 끝 강 건너편이 보였다. 까만 어둠 속에 가로등

불빛이 점점이 떠 있었다. 내가 걸어온 쪽도 불빛이 조금 더 많을 뿐 어둡긴 마찬가지였다.

어떤 경계에 있는 느낌이었다. 이쪽, 혹은 저쪽. 아직은 결정되지 않았다. 이제 촬영이 끝나고, 가방을 돌려받고 나면 나는 선택을 해야만 한다. 이쪽으로, 아니면 저쪽으로. 그 선택은 단지 버스정류장을 고르는 것만은 아닐 것 같았다.

"여기, 네 생명의 은인."

조연출 오빠가 내 옆에 쭈그리고 앉았다. 나한테 한 말이 아니었다. 조연출 오빠 옆에 선 언니가 그 말을 듣고 내게 꾸벅거리며 인사했다. 나도 황급히 자리에서 일어나 마주 고개를 숙였다. 조연출 오빠가 말했다.

"앉아요, 얘가 그 욕 받이 소품 담당이에요."

동그란 단발, 키도 작고 화장도 하나도 안 해서 고등학생 같았다. 그 언니가 기어들어가는 목소리로 말했다.

"고맙습니다."

조연출 오빠가 쯧 혀를 찼다.

"얘가 지금 좀 멘탈이 털려서 이래요. 원래는 안 이런데. 야, 너 울었냐?"

"아니거든⋯⋯."

조연출 오빠가 얼굴을 붙잡고 들여다보려 하자 그 언니가 고개를 비틀었다.

"최동주! 준비 안하니!"

감독 언니가 째진 목소리로 부르자 소품 담당 언니는 경기하듯 놀라 그리로 달려갔다.

두 번째 씬은 카메라 각도만 바꾸고, 같은 장소에서 찍었다. 옷을 갈아입고 머리를 바꾼 배우들이 자리를 잡았다. 이번에 가방에 들어간 것은 솜사탕이었다. 배우가 가방에서 솜사탕을 꺼내 강으로 던지는 장면이었는데, 솜사탕이 바람에 날아올라 계속 엔지가 났다.

결국, 소품 담당 언니가 무거운 것을 솜사탕 안에 넣은 뒤에야 솜사탕은 제대로 떨어졌고 오케이가 났다.

촬영은 열한 시가 되기 전에 끝났다. 지금 택시 타고 가면 독서실 갔다 오는 시간에 대충 맞출 수 있을 것 같았다. 평소보다 엄청 빨리 끝났다고, 내 덕분이라고 조연출 오빠가 싱글벙글했다. 감독 언니는 너무 고맙다며, 보답하겠다고 번호를 받아 갔다.

가방을 돌려받는데 기분이 이상했다. 때가 타서 그런 줄 알았는지, 소품 언니가 머뭇거리며 말했다.

"가방 더러워져서 어쩌죠……."

그래서가 아니었다. 마음이 담겨 있던 가방이라서.

조연출 오빠와 소품 언니가 나를 택시 탈 수 있는 곳까지 데려다 주기로 했다. 남은 다리를 쭉 따라서 걸었다. 셋이 나란히 걷기엔 길이 좁았다. 나와 소품 언니가 앞에 걷고, 조연출 오빠가 뒤를 따랐다. 아까보다는 훨씬 덜 추운 느낌이었다.

촬영 내내 잊고 있었던 핸드폰을 꺼내자, 유즈루에게서 문자가 와 있었다.

– 잘 들어갔어?

아까 공연을 본 것이 까마득했다. 오늘 일이 아닌 것 같았다. 지금까지 내가 뭘 했는지, 어떻게 설명할까. 참, 번호를 지우려 했었지. 이상했다. 아까의 그 슬픔조차 먼 일처럼 느껴졌다.

조연출 오빠가 말을 걸었다.

"남자친구?"

"네? 아뇨, 아뇨."

무슨 생각이었을까, 거기서 끝내도 될 것을 말이 불쑥 나왔다.

"좋아하는…… 사람이요."

"오."

조연출 오빠가 감탄했다. 처음으로 입 밖에 내본 말이었다. 좋아하는, 사람. 그렇게 입 밖에 내고 나자 분명해졌다. 나는 유즈루를 좋아한다. 그건 그렇게 슬프기만 한 느낌은 아니었다.

"근데, 여자 친구가 있어요."

"어이쿠."

"진짜 싫다."

오빠는 한숨을 내뱉고, 언니가 조그맣게 말했다. 생각하는 것조 차도 상처가 될 것 같았는데, 말하고 나니 속이 편해졌다.

유즈루도 내게 뭔가 주긴 했다. 자신의 마음을. 내가 생각하는 만큼의 의미가 아니었을 뿐.

"근데, 멋있다."

조연출 오빠가 말했다.

"뭐가요?"

어리둥절해져서 물었다. 조연출 오빠는 조금 과장된 목소리로 말했다.

"그렇게 딱 말하는 거 멋있잖아요. 좋아해도 좋다는 말 못하는 사람도 많은데. 안 그러냐?"

소품 담당 언니를 툭 치는데, 언니는 힘없이 모르겠다고 중얼거 렸다.

"야, 아직까지 그러고 있냐. 다 잊어버려. 그 누나가 그래도 뒤 끝은 없잖아."

"그게 아니라!"

언니가 갑자기 목소리를 높였다. 울음이 섞인 목소리에 나와 조 연출 오빠 둘 다 놀랐다.

"왜 울어, 갑자기!"

"내 립글로즈…… 어제 새로 산 건데……."

아까 솜사탕 속에 들어가 한강에 빠진 게, 언니가 큰 맘 먹고 새로 산 비싼 립글로즈였다는 거다. 조연출 오빠가 발을 굴렀다.

"바보냐, 그걸 왜 넣어!"

"그럼 어떻게 해, 무거운 게 없는데!"

"어휴, 나한테 말하지!"

"그럴 분위기였냐! 거기서 한 마디만 더 하면 나도 한강에 빠뜨릴 거 같았는데!"

언니는 울먹이면서 말하는데, 어이없어 하던 조연출 오빠가 웃음을 터뜨렸다. 되게 귀엽다는 듯이, 그 언니 머리를 헝클이며 오빠가 웃었다.

따라서 웃고 있는 스스로를 발견했을 땐 조금 놀랐다.

지금 결정하지 않아도 돼.

문득 떠오른 생각이었다. 경계는 생각보다 넓을지도 모른다. 머물러도 된다. 내 마음의 위치를 정하지 않아도, 오늘로 끝내지 않아도 되는 것이다.

조연출 오빠는 여전히 웃고 있었다.

"아 진짜, 최동주 웃긴다. ……내가 사 줄게."

"네가 왜."

훌쩍이면서 언니가 말했다. 그러다 갑자기 그 훌쩍임이 딱 멈췄다.

찬바람이 세차게 불어와 고개를 숙였다. 언니가 뒷짐 지듯 허리에 얹은 손을, 오빠가 잡고 있는 게 보였다.

와. 조금 부끄럽고, 많이 부러웠다. 간지러웠다. 가슴 어딘가를 살살 간질이는 것처럼. 억지로 눌러놓았던 마음이 다시 부풀어 오르고 있었다.

가방에 담아 둘까, 내 마음. 버리려 하지 말고 철지난 옷처럼 잊었다가 계절이 돌아올 때 꺼내보면 어떨까. 봄이 올 때까지, 저 작은 섬이 연둣빛으로 뒤덮일 때까지 기다렸다가.

변해 버렸으면 그걸로 된 거다. 만일 조금 묵은 냄새가 나고 눅눅해지긴 해도 변하지 않았으면…… 그건 그때 가서 생각하자. 봄 햇살에 말려 찬찬히 들여다보았을 때 뭘 발견하게 될까. 어쩌면 버리지 않길 잘했다고 생각하게 될 지도 모른다.

나는 마음이 들었던, 마음을 넣어 둘 가방을 고쳐 매었다.

무신론자의

연애

"난 신은 없다고 생각해."

신우는 빨대로 밀크셰이크를 저으며 태연하게 말했다. 하나님
도 아니고, 신. 낯설고 건방지게 느껴지는 단어 선택이었다.

"뭐?"

물고 있던 빨대를 놓쳤다. 잘못 들었겠지, 뭐가 없다 생각한
다고?

롯데리아 안은 후덥지근했고 밀크셰이크는 녹아 달착지근하고
밍밍한 우유물로 변해 가고 있었다. 어색하고 초조한 기분으로 언
제 자리에서 일어나면 될까 타이밍을 재고 있던 차였다.

신은 없다, 흔한 말이었다. 신이 있다면 세상이 이럴 수 있겠느
냐 하는 원망 조의 한탄부터, 신이라는 개념이 어떻게 형성되어

왔는가 하는 역사적 분석이나 과학적 논증까지 지겨울 만큼 많이 들었다.

하지만 방금 전까지 교회용품 전문 매장에서 '예수님은 너를 사랑해'가 나은지 '우리는 모두 하나님의 자녀'가 나은지, 수첩 표지의 문구를 놓고 의견을 나누었던 애가 할 만한 말은 아니었다.

다음 주 고등부 수련회에서 쓸 물건들이었다. 다섯 명의 아이들이 같이 장을 보기로 되어 있었지만 약속 시간에 맞춰 나타난 것은 우리 둘뿐이었다. 누구는 뭐 시간이 남아돌아서 토요일 오후에 이러고 있나. 짐을 교회에 가져다 놓아야 끝날, 시작부터 꼬인 지겨운 임무였다. 신우가 롯데리아에 들렀다 가자고 하지 않았으면 삼십 분 전에 끝났을 것이다.

"누나는 어떻게 생각해? 있다고 생각해?"

장난인가? 날 떠보는 건가? 어떻게 받아쳐야 할까? 별로 친하지도 않은 사이였다. 나보다 한 살 아래, 같은 교회에서 십 년 넘게 봐왔지만 둘이서만 대화를 나눠본 건 처음이었다.

"없다고는 못 할 것 같은데……."

내가 말을 흐리자 신우가 거침없이 말했다.

"뭔가 있을 순 있지. 하지만 교회에서 말하는 하나님이란 존재는, 그렇잖아, 어디에나 있고, 모든 걸 알고, 변함없고, 영원하고. 그건 결국 없다는 거랑 똑같은 말 아니야?"

완전히 새로운 해석이었다. omnipresent - 어디에나 존재하며, omnipotent - 모든 것을 할 수 있고, omniscient - 모든 것을 아는. 지난주에 전도사님이 화이트보드까지 꺼내와 열변을 토했던 하나님의 속성.

신우의 말이 머릿속에 꽂히듯 이해가 되었다. 마치 공기 같다. 평소에는 공기의 존재를 의식하는 일 없이 숨을 쉰다. 그때 공기는 없는 것이나 마찬가지이다. 그럼에도 우리가 공기에 대해 아는 것은, 공기가 없는 상황을 만들 수 있기 때문이다. 그런데 신은, 절대 '없지 않다'고 하니 도리어 있다는 걸 의식할 수 없게 되는 것이다.

"그럼 넌 교회는 왜 다녀?"

"보험 같은 거지. 혹시 있을 수도 있잖아. 어차피 효도 겸해서 다니는 거야. 누나도 그렇지 않아?"

신우는 단정 짓듯 물었다. 내 믿음을 의심 받은 건데도 기분 나쁘지 않았다.

"그런 마음을 신이 눈치 못 챌 것 같아?"

신, 이라고 말하는데, 슥 긁어 내리듯 시원해졌다.

"아시겠지, 만일 있다면. 그래도 참아 주겠지? 모든 걸 받아 주는 사랑의 신인데."

신우의 목소리에 장난기가 섞였다.

"신이 우리를 사랑해서 인간의 모습으로 왔다는 것도 좀 이상하지 않아? 난 그 얘기 들으면 꼭 그런 거 떠오르더라. 부잣집 아들이 가난한 척 하고 접근하는 거. 좀 사기 치는 거 같고."

순식간에 방향 전환, 종잡을 수 없이 튀는 말들. 이런 애였어? 박신우가?

"사기 치는 거랑은 좀 다른 거 같은데. 눈높이를 맞춰 주는 게 아닌가. 이해하려고."

내 말에 신우는 한쪽 눈을 찡그렸다. 뿔테 안경이 한쪽으로 기울었다.

"그래 봤자 한평생 산 것도 아니었잖아. 진짜 인간을 이해할 거였으면 늙어 죽을 때까지 온갖 거 다 경험해야 했던 거 아니야? 애도 낳고, 사춘기 자식이랑 기 싸움도 하고, 사업하다가 집도 날려보고, 알콜 중독에 간경화, 뭐 그 정도는."

"그게 뭐야!"

우리는 동시에 웃음을 터뜨렸다. 신우는 우리가 두 손으로 떠받들고 살아오던 것을 구기고, 뭉개서, 가뿐하게 던져 버렸다. 이런 얘기로 웃을 수 있다는 걸 처음 알았다.

"재밌다."

신우가 말했을 땐, 모든 게 달라져 있었다.

신우와 나는 교회 대표 어린이로 자랐다. 엄마 뱃속에서부터 교회를 나온 모태 신앙. 부모님은 물론 친척들도 다 교회를 다닌다. 일요일이라는 말보다 주일이라는 말이 익숙하고, 상황에 맞게 성경 구절을 인용할 수 있으며, 누가 언제 기도를 시켜도 술술 말할 수 있다. 출신 성분으로 치면 성골이라고 우리끼리 농담하게 된 건 이후의 일이다.

그러나 우리 둘은 완전히 달랐다. 언제나 사람들에게 둘러싸여 있는 박신우. 다리에 매달리는 유치부 꼬맹이들, 반찬을 두 배로 담아 주는 집사님들. 박신우를 마니또로 뽑았다고 기뻐하는 아이들.

잘생긴 건 아니다. 눈이 워낙 나빠서 안경 렌즈가 핑핑 돌도록 두껍고, 피부도 좋진 않다. 하지만 키가 크고, 두뇌 회전이 빠르고, 능글맞아 보일 정도로 친화력이 좋았다. 할머니 권사님들에게 "머리 새로 하셨어요? 완전 젊어 보이세요." 라고 말하는 남자애가 흔하진 않을 것이다.

그래서 사실 난 별로라고 생각했었다. 모두에게 잘 보이려고 하는 것 같아서. 가식 같아서.

그에 비해 나는 어떤가. 교회에서의 나는 종류가 다른 블록처럼 혼자 겉돌았다. 학교에서는 그렇지 않은데 교회만 오면 그랬다.

우리 집에서 교회까지는 지하철 한 시간 거리. 교회의 다른 애들은 모두 같은 학교와 학원을 다니고 평일에도 만나 논다. 당연히 나보다 질긴 끈으로 연결되어 있다. 교회 애들하고 있으면 긴장이 되었다. 어떤 타이밍에 웃어야 할지 알 수 없고, 무슨 말을 나누어야 할지 알 수 없었다.

언젠가부터 나는, 이 거리감이 꼭 물리적인 거리 때문은 아니라고 생각하게 되었다. 내게 뭔가 이 장소나 사람들과 맞지 않는 부분이 있고, 그것은 본질적인 것이므로 노력한다고 해결될 것도 아니며 바뀔 수 있는 것도 아니라고. 그렇게 생각하자 편해졌다.

적당히 겉으로 맞춰 주면 된다. 성가대원으로, 고등부 임원으로, 주일날이면 절대 빠지지 않을 교회 붙박이로서의 역할에 충실하면 그 안이 얼마나 싸늘하든, 딱딱하든, 메말라 있든 상관없는 것이다.

신우는 내가 속하지 못한 세계의 중심이었다. 그런데 박신우가 먼저 내게 다가왔다. 마치 자기도 거기에 속해 있지 않다는 듯, 자기도 나와 같다는 듯이.

겨울 수련회 장소는 경기도 어디쯤의 기도원이었다. 나는 멀미를 해서 대형 버스 맨 앞에, 선생님들 사이에 앉았다. 그게 더 마음이 편했다. 친하지도 않은 아이 옆자리에 앉아 대화의 소재를 짜 내거나 자는 척 하는 건 더 고역이었을 것이다.

신우는 맨 뒷자리, 신우를 귀여워 하는 2학년들과 잘 노는 1학년들 사이에 앉았다. 웃음과 비명이 버스 앞까지 들려왔다. 선생님들은 가끔 돌아보며 조용히 해라, 말했지만 사실은 선생님들조차 그리로 가고 싶어 하는 것 같았다.

수련회는 늘 그랬듯 2박 3일 내내 힘들었다. 낯선 잠자리도, 입에 맞지 않는 음식도, 차가운 공동 화장실도. 그리고 무엇보다, 뭔가를 계속 해야 하는 게 골치 아팠다. 조별로 연극을 하고, 자료를 찾고, 발표를 해야 했다. 다른 애들처럼 딴청 피우며 시키는 일만 하면 얼마나 좋을까. 하지만 초등학교 때부터 늘 그렇듯 내가 조장이었다. 이 역시 교회 성골의 의무인가.

"우리는 어떻게 할까?"

애써 목소리를 높여 묻지만 아무도 대답을 하지 않았다. 이 상황이 너무 싫었다. 결국은 내가 나서서 뭐라도 되도록 애쓸 거라는 사실이 제일 싫었다.

"그럼 이렇게 하자, 수연이가 마리아 역할을 하고……"

조 애들은 뚱한 표정으로 내 말을 듣는 둥 마는 둥 했다. 고개를 수그리고 핸드폰을 하는 애들 뒤로 신우가 보였다. 신우네 조는 뭐가 재미있는지 연신 깔깔 대며 웃고 있었다.

내가 여기서 뭘 하고 있는 건가, 하는 자괴감은 기도회가 끝난 밤 열한 시에도 여전했다. 화장실에 가기 위해 옷을 껴입고 밖으로 나왔다. 볼을 에는 찬바람이 밀어닥쳤지만 방금 전까지 갑갑한 열기 속에 있던 터라 차라리 반가웠다.

건물 입구로 돌아왔을 때 현관 바로 밖에 혼자 서 있는 신우를 봤다. 발길이 느려졌다.

"은혜 많이 받았어?"

신우가 먼저 물었다.

기도회가 끝나면 선생님과 아이들이 주고받는 정해진 질문. 은혜, 그게 뭘까? 눈물을 흘리고 기도하고, 소리 지르다 보면 갑자기 전류가 팍 온몸을 뚫고 지나가는 걸까? 그런 경험을 해 본 적이 없으면 은혜를 못 받은 걸까?

"모르겠어. 그게 뭔지."

롯데리아에서 나눈 대화가 아니었다면 나는 절대 이런 식으로 속마음을 털어놓지 않았을 것이다.

진짜 순수한 애들도 있다. 눈이 벌게지도록 울면서 기도하는 애들과 선생님들, 전도사님. 저들은 자기가 하는 말들을 저 말로 믿고 있을까? 한 점 의심 없이?

"그런 느낌이야. 외운 대로 앵무새처럼 되풀이 하다가 문득 생각하는 거지. 내가 말하는 걸, 나는 진짜 알고 있나. 믿는 거까지는 생각하지도 않아, 알고 있는지. 이해하고 있는지조차 의문이 드는 걸. 그럼 다들 말하겠지, 알지 못하고 믿는 게 진짜 믿음이라고."

내 말을 들으면 기겁할 이들의 목소리가 환청처럼 들리는 것 같았다. 네가 어떻게 그런 소리를 하니, 너는 선택 받은 아이야. 너희 부모님과 할머니가 널 위해 얼마나 많이 기도하는데. 넌 믿음의 가정에서 자랐잖아…….

그래서 뭐? 내가 그렇게 태어나고 싶어서 태어난 것도 아닌데. 처음부터 다른 선택지 따윈 주어지지 않은 채, 완벽한 조건 하에서 통제되는 실험체가 된 기분을 알아?

"알아, 그 기분."

신우가 말했다. 온 몸에 소름이 돋았다. 갑자기 불어온 찬바람 때문에? 아니면.

아이들이 나오는 바람에 어영부영 끝난 그 밤의 짧은 대화를, 딱딱한 이불 위에 누워 곱씹었다. 나는 혼자가 아니다. 누군가는 나처럼 생각한다. 그게 신우라는 것이 놀라웠다.

나는 둘째 날 아침 예배 때 대표 기도를 했다. 구겨진 메모지 뒷면에 적어서 마이크에 대고 읽었다. 사랑이 많은 하나님 아버지…… 사랑이 많다는 게 뭘까. 우리를 사랑하나? 교회 다니는 사람만을? 아니면 전 인류를? 어차피 하나님의 사랑이 모두를 향한 거라면 교회 다닌다고 다를 게 뭐가 있을까.

하나님이 널 사랑하셔, 예수님도 널 사랑하셔, 우리는 하나님을 사랑하고 예수님을 사랑하고 우리의 이웃을 우리의 몸 같이 사랑하지. 사랑이란 말을 너무 많이 듣고 자란 탓일까, 그 사랑이 구체적으로 뭘 말하는지 도무지 알 수 없다. 한쪽 뺨을 맞으면 다른 쪽 뺨을 내미는 그런 사랑?

내 기도 전체가 거짓은 아니라고 생각했다. 하지만 이 모든 말들이 다 진심에서 우러나온 것은 아니었다. 어릴 적부터 귀가 닳도록 들어온 말들을 똑같이 되풀이하는 것뿐이다. 그 중 어느 부분은 내 것이 되었지만, 많은 단어들은 그저 껍질인 채로 덜그럭덜그럭 굴러다녔다. 그 껍질을 깨내지 못한 건, 녹여내 소화시키지 못한 건 나의 잘못일까. 이조차 또 용서를 구하고 빌어야 하는 걸까.

사랑의 하나님은 한편으로는 심판의 하나님이기도 하며 내 모든 행동과 생각을 감시하고 비판하고 있을 테니까. 그러나 모든 것을 다 안다는 것은 결국 모른다는 뜻이 아닌가. 신은, 나를 모른다.

"이 모든 말씀, 사랑의 예수님 이름으로……."

마지막 문구를 읊으며 나는 눈을 떴다. 아직 다른 애들과 선생님들은 모두 눈을 감고 머리를 수그리고 있었다. 딱 한 사람, 신우만 빼고.

신우는 고개를 들고 나를 똑바로 보고 있었다. 눈이 마주쳤다.

"……기도합니다. 아멘."

방 전체가 아멘, 하는 소리로 울렸다. 나는 종이를 들고 자리로 들어왔다. 집에서든 교회에서든 대표 기도를 하고 나면 늘 드는, 솔직하지 못했다는 죄책감 대신 만족감이 마음을 채웠다.

넌 알지, 그런 기분이었다. 우리는 달라. 우리는 '척' 하고 있지. 우리는 '진짜' 모습을 서로에게 보여 주고 있었다.

집에 돌아가는 길엔 모두 일찍 곯아떨어져 버스 안은 조용했다. 전날 밤 늦게까지 이어진 기도회와 캠프파이어 때문에 거의 자지 못했지만 잠이 안 왔다. 먹먹하고, 속이 얹힌 것 같았다. 그리고 출발한 지 삼십 분쯤 되었을 때 그 원인일 박신우가, 앞으로 왔다.

"어, 신우 왜."

내 옆에 앉은 선생님이 물었다.

"저 멀미날 거 같아요. 앞에 앉아도 돼요? 자리 좀 바꿔 주세요."

어떤 표정을 지어야 할지 몰라서 앞만 봤다. 신우가 옆에 앉자, 선생님과는 다른 부피감이 느껴졌다.

"왜 모르는 척 해?"

웃음기 섞인 목소리.

"아니, 나 옆에 보면 멀미해서……."

진짜였다. 내 손만 봐도 멀미하는 걸. 그러는 너는 진짜로 멀미를 하는 거야? 올 때는 맨 뒤에 앉았었잖아⋯⋯. 입안이 마르고, 머리 한쪽이 욱신거렸다. 롯데리아에서 신우와 마주 앉았을 때와 비슷한 기분이면서도 달랐다. 초조함과 거의 구분할 수 없는 기대감이었다.

신우와 조곤조곤 대화를 시작한 순간, 놀랍게도 편안해졌다. 거치적거리는 것이 없었다. 비슷한 색깔, 같은 속도의 호흡, 딱 맞는 조각.

그게 시작이었다. 그날 저녁 잘 들어갔느냐는 문자가 왔고, 매일 문자와 전화를 했고, 그 주 토요일에 처음으로 교회 밖에서 만났다. 우리 동네와 신우 동네의 중간에 있는 대형 서점이었다.

서점 안 어디서 만날지는 정하지 않았다. 나는 십오 분 일찍 도착해서 서점 안을 돌았다. 우연히 마주치고 싶었다. 모퉁이를 돌 때마다 책장 사이에 서 있는 신우의 모습을 상상했다. 구석구석 살피면서 몇 바퀴를 돌았는데, 신우가 날 먼저 찾았다.

"일찍 왔네."

"어, 너도."

검은색 모직 코트에 검은 비니. 신우는 이상해? 하며 모자를 만지작거렸다.

우리를 아는 누군가의 눈에 띨까 걱정했었다. 하지만 신기하게도 신우와 걷기 시작하자 걱정은 희미해졌다.

우리는 잡다한 책과 문구를 구경하고 점심은 근처 맥도날드에서 먹었다. 먹는 건 힘들었다. 평소보다 햄버거가 훨씬 두툼한 것 같고, 입이 잘 안 벌어졌다. 신우도 몇 입 먹지 않은 햄버거를 내려놓았다.

대신 우리는 끊임없이 이야기를 하고, 웃었다. 우리가 주고받는 말들은 한 번도 땅에 떨어지지 않고 경쾌하게 이어졌다. 신우는 내가 하는 말에 계속 웃었다. 별로 웃긴 얘기를 한 것도 아니었는데. 학교 얘기, 교회 얘기, 가족 얘기.

"참, 그래서 신재 오빠는 언제 온대?"

신우보다 다섯 살 위, 신재 오빠는 중국 유학 가기 전까지는 우리 교회 대표 엄친아였다. 공부도 잘하고 예의도 바르지만 살짝 불량하기도 해서, 어른들에게는 조금 못미덥고 애들에겐 더 인기가 있었다. 나도 지하철역 가는 골목에서 교복을 입은 신재 오빠가 친구들과 담배 피우는 것을 본 적이 있다. 신재 오빠는 씩 웃으며 비밀이야, 말했었다.

"몰라, 갑자기 무슨 선교사야. 대학 갔음 졸업이나 할 것이지."

신우는 불퉁한 목소리로 말했다.

얼마 전 교회에 퍼진 소식이었다. 신재 오빠가 다니던 중국의 명문 대학을 그만두고 한국에 돌아온다고 했다. 군대 먼저 다녀오고, 신학교에 가서 선교사가 될 계획이라는 말에 어른들은 미적지근한 반응을 보였다.

"웃긴 건 뭔지 알아? 엄마 아빠도 별로래. 그렇게 교회 교회하면서, 아들이 선교사 되겠다 하면 두 손 들고 환영해야 하는 거 아냐?"

우리 집에서도 신재 오빠의 결정에 대해서 그다지 호의적이지 않았다. 아니 뭘, 선교사까지 하려 그러니, 좋은 대학 갔으면 잘 졸업해서 좋은 직업 가지고 그걸로 봉사해도 되는데……. 엄마의 말을 끊고 묻고 싶었다. 세상의 성공은 중요하지 않다면서요. 우리의 보상은 하늘나라에 있다면서요.

신우와 나는 우리 부모들의 이중성에 대해, 일관성 없음에 대해 한참을 떠들어댔다. 나누는 삶을 살라고 하면서 손해 보지는 말라고 한다. 겸손하게 낮은 자리에 머물라 하면서 성적은 잘 나와야 하고 좋은 대학에 가야 한다. 예수님처럼 살아라. 잠깐! 그렇다고 해서 예수님처럼 고아와 창녀와 거지의 친구가 되라는 뜻은 아니야. 예수님처럼 똑똑하게, 존경받으며, 앞서 나가라는 뜻이야…….

이런 대화는 학교의 누구와도, 교회의 다른 누구와도 할 수 없는 것이었다.

속 시원하면서도 어쩐지 기운 빠졌다. 아무리 말로 성토해도 달라질 건 없다. 다음 주에도 교회는 가야하고, 시키는 대로 기도를 하고 사랑이니 믿음이니 소망이니 하는 달콤하고 허무한 단어들로 구성된 노래를 불러야 한다.

"그래도, 할아버지는 기뻐하셨을 거 같아."

신우가 한풀 꺾인 목소리로 말했다.

신우네 할아버지는 작년에 돌아가셨다. 몇 년 전 교통사고를 당해 많이 아프셨고, 재활 치료를 하면서는 치매가 왔다고 했다. 원래는 뛰어다니는 애들 무섭게 혼내는 호랑이 장로님으로 유명했는데, 완전히 다른 사람이 되셨다. 부축을 받아 더듬더듬 발을 옮기는, 어린아이 같이 무표정한 얼굴. 인사를 해도 전혀 알아보지 못하셨다.

그러다 작년 봄에 교회 계단에서 넘어져서 입원하셨고, 몇 주 지나지 않아 돌아가셨다.

"누나도 알겠지만, 우리 할아버지는 진짜 신앙심이 있었단 말이야. 아빠나 엄마나, 할머니는 타협도 하고 꾀도 부리고 하는데 할아버지는 진짜였다고. 그런데 그런 일을 당했잖아. 깔끔하게 끝난 것도 아니고 삼 년씩이나, 혼자서는 화장실도 못가고. 그래, 그건 그렇다 쳐. 성경에도 믿음이 있다고 해서 잘 산다는 건 아니라고 하니까. 그런데 우리 친척들…… 아빠부터 큰아빠, 고모들까지, 진짜 정 떨어졌어. 할아버지 가지고 그렇게 싸워대고. 서로 책임을 미루고."

142

신우는 탁자 위에서 냅킨을 접고 또 접으며 말했다. 어린애처럼 울컥한 말투였다.

"할아버지 병원 입원하셨을 때, 간병인이 필요하잖아. 그런데 일요일이 되니까 다들 교회 가야 해서 못 있겠다는 거야. 자기는 성가대 해야 하고, 자기는 교회 학교 교사고, 그래서 못 있겠다고. 너무 열 받아서 내가 있겠다고 했는데 나도 교회 가야 한다는 거야…… 이게 뭐야. 뭐가 우선순위야? 무작정 교회 나오면 그게 다야?"

냅킨은 더 접을 수 없이 작고 두꺼워졌다. 신우는 냅킨 덩어리를 손톱으로 긁어 보푸라기가 일게 만들었다.

"근데…… 또 아예 아니라고는 할 수가 없어서. 어쨌든 할아버지는 마지막까지 그런 믿음이 있어서 행복했을 수도 있으니까. 천국 간다는 생각 하나로 버티셨을 지도 모르니까."

나는 신우의 손등에 내 오른손을 올렸다. 충동적이었다. 살갗이 닿은 순간, 신우보다 내 자신이 더 놀랐을 것이다.

주변의 소리가 파도처럼 세게 밀려왔다가 아득하게 멀어졌다. 그대로 몇 초가 지나고, 신우가 가만히 손을 뒤집었다. 손바닥끼리 맞닿았다. 따뜻하고 간지러웠다. 여전히 잡지는 않고, 닿은 채로, 우리는 그 손들이 우리의 손이 아닌 것처럼 가만히 바라보았다.

심장이 엄청나게 빨리 뛰고 있었다. 귀 뒤가 펄떡여서, 손으로 만지면 느껴질 것 같았다.

신우가 장난처럼 내 손을 꽉 쥐었다 놓았다. 그 순간은 지나갔다. 콜라를 들이켰다. 어떻게, 무슨 말을 해야 할 지 몰랐다. 넓은 벌판에서 헤매는 기분, 열기구를 타고 하늘로 올라간 기분…….

신우의 목소리가 나를 현실로 불러들였다. 부드럽게.

"재작년에…… 나 누나랑 여름 수련회 같은 조였잖아. 중등부 때. 기억 나? 그때, 천국 얘기 했었는데."

선생님은 각자 생각하는 천국이 어떤 것인지 얘기해 보라고 시켰다. 더위에 지쳐 늘어진 아이들을 깨워 보려는 의도였을 것이다. 아름답겠죠, 좋은 것만 있을 거예요. 가서 하루 종일 게임만할 거라는 어떤 애 말에 애들은 바닥을 치며 웃어댔다. 그때, 나는 말했다.

- 그런데 저는, 영원한 건 별로거든요. 죽고 나면 그냥 소멸되었음 좋겠어요. 그냥, 바람에 촛불 꺼지듯이요. 그게 저한테는 천국이에요.

선생님은 무슨 소리냐고 되물었고, 나는 다시 설명했다. 영원하다는 것이 얼마나 지겨울지. 내가 생각하는 천국은, 깔끔하게 삭제 되는 것이라고. 나는 죽음 뒤에 이어질 삶 같은 건 싫다고.

속으로는 후회했다. 그냥 되는대로 좋은 거 끌어들여 말하고 말것을, 진짜 내 생각을 말하려다 이게 무슨 꼴인가. 선생님은 내가 멀쩡한지 이마를 짚어 보고 싶어 하는 것 같았고, 애들은 지루한 기색으로 딴짓을 하기 시작했다. 장하나 또 저러네, 진지병 걸렸나. 애들의 생각이 들리는 것 같았다.

신우가 그걸 기억하고 있었다니.

"그때 좀…… 신기했어. 누나랑 얘기해 보고 싶었고."

이상해, 정말 이상했다.

"그래서 얘기해 보니까 어떤데?"

"재밌는데."

신우는 웃었다.

신우는 이날 서점에서 만났던 것이 우리의 첫 데이트라고 말했다. 사귀자는 말 같은 건 안 했지만 분명 뭔가 있었다. 통하고 있다는 느낌. 그리고 그게 일시적인 게 아니라 계속 될 거라는 느낌.

교회 고등부 단톡방에서 난리가 난 걸, 나는 신우에게 따로 전화를 받고서야 알았다. 나른한 토요일 오후, 공부한답시고 문제집 펴 놓고 침대에 있다가 비몽사몽하던 차였다.

– 지금 뭐해?

"어, 그냥, 공부……."

– 목소리 들으니 잔 거 같은데.

웃음기 섞인 목소리. 아니야, 부정하면서도 얼굴이 화끈거렸다.

- 그럼 단톡 못 봤겠네.

"무슨 단톡? 고등부?"

- 어. 보고 전화 줘. 아니다, 십 분 이따가 내가 다시 걸게.

어차피 친한 애들끼리는 따로 단톡방이 있어서 죽어 있는 거나 다름없는 고등부 방에 톡이 백 개 넘게 쌓여 있었다.

시작은 어떤 1학년 여자애가 공개적으로 신우에게 말을 건 거였다.

- 박신우 소개 받을래? 우리 반 앤데, 너 지나가다 본 적 있대.

그러자 신우의 답.

- 나 여친 있는데.

펑, 폭탄이 터지는 것처럼 그 밑으로 난리가 났다. 뭐야! 누군데? 우리가 아는 사람이야? 말도 안 돼! 지난번에 물었을 때 없다며!

달리기를 끝낸 것처럼 숨이 차올랐다. 멍하니, 여전히 새로 올라오고 있는 톡들을 바라보았다.

벨이 울리고 신우 이름이 떴다. 전화를 받는데, 얼굴이 난로를 쬔 것처럼 귀까지 벌겋게 뜨거워졌다.

- 봤어?

"……어."

목소리가 막 갈라진다.

– 기분 나쁜 거 아니지?

그 말에, 온갖 생각이 다 들었다. 내 얘긴 줄 알았는데 아닌 건가? 자기 여친 있는 거 말 안 해서 기분 나쁘냐는 뜻인가? 뭐지?

–님아 대답 좀.

신우가 우스꽝스럽게 말했다.

"아니…… 안 나쁜데……."

– 소개팅 얘기 나오는 거, 누나가 기분 나빠할 거 같아서 그냥 질렀는데, 밝히는 걸 더 싫어하려나 싶고……. 지금 떨고 있어.

나구나. 나 맞구나. 온몸이, 손톱 밑까지 간지러웠다. 막연하게 그려 왔던 스케치가 총천연색 영화가 되어 눈앞에 펼쳐지는 느낌 – 내 인생 첫 남자친구였다.

다음 날, 교회는 당연히 난리가 났다. 아이들은 신우를 둘러싸고 취조를 하고 싶어 했다. 누군데, 누구야? 우리 아는 애야? 중등부 여자애들까지 올라와 우는 소리를 하며 신우에게 매달렸다. 신우 오빠 여자 친구 생겼어요? 누군데요?

신우는 몰라, 몰라, 하는 말로 도망 다녔다. 나는 관심 없는 척하고 있었다. 가슴이 간질간질한 걸 참으면서.

그렇게 하자고 의논한 건 아니지만 신우가 밝히지 않는 게 자연스럽다고 생각했다. 교회 애들이 알게 되면 엄마 아빠는 물론이고 교회 어른들 모두가 알게 될 것이었다. 말 많은 사람들의 씹을 거리가 되어 그 간섭들을 다 감당하는 건, 상상만으로도 질렸다. 신우도 나와 같은 생각일 터였다.

성가대 뒷자리에 앉은 신우는 일부러 성가책으로 자꾸 내 머리카락을 눌러 잡아당겼다. 아! 소리를 내며 돌아보면 미안해요, 사과하고 웃었다. 웃음이 터질 것 같아 재빨리 앞을 봤다.

예배 끝나고, 반별 성경 공부가 끝나고, 성가 연습이 시작하기 전 짧은 쉬는 시간이었다. 어느 선생님이 아기를 데리고 고등부실에 올라왔다. 아직 걷지도 못하는 말간 눈동자의 아기였다. 아이들은 귀엽다며 아기를 둘러싸고 호들갑을 떨었다. 나와 신우는 그 무리의 가장 뒤쪽에 서 있었다. 모두가 아기를 보고 있는 동안, 신우가 내 옷소매를 슬그머니 잡아당겼다.

손이 닿았다. 나도 모르게 숨을 들이마셨다. 손가락들이 살며시 얽혔다. 따뜻했다. 뜨거웠다. 온몸이 저릿했다.

몇 초? 몇 십 초? 모두의 시선이 다른 곳을 향하고 있는 동안. 우리 둘만 그 자리에서 도려내어 다른 곳으로 옮겨진 것 같았다.

아기를 안고 선생님이 일어나고, 무리가 흩어지고, 우리 둘은 자연스레 몇 발자국 떨어졌다. 성가대 석으로 돌아와 앉을 때까지도 신우의 얼굴을 볼 수가 없었다. 내 얼굴이 변해 있을 것 같았다. 얼룩덜룩하게, 아니면 풍선처럼 부풀어 올라서, 장하나, 너 얼굴이 왜 그래? 하고 누가 물어볼 것 같았다.

"밥 먹고 갈 거야?"

성가 연습이 끝났을 때 신우가 내게 물었다. 평범한 말인데, 나는 누가 뭐라도 눈치챌까 봐 입술을 꾹 다물었다. 신우가 속으로 웃음을 삼키는 게 보였다.

성가 연습이 끝나면 대부분의 애들이 교회 식당에서 밥을 먹었다. 나는 원래 연습이 끝나자마자 재빨리 교회를 빠져나왔다. 엄마 아빠나 할머니에게 잡혀 억지로 밥을 먹게 되거나 오후 예배까지 드리고 가라는 소리를 듣는 게 너무 싫기 때문이었다.

"아…… 그럴까."

엉겁결에 대답했다. 옆자리 3학년 언니가 물었다.

"하나 오늘은 먹고 가려고? 맨날 그냥 가더니."

배고파서요, 얼버무리며 신우를 슬쩍 째려봤다. 나 밥 안 먹고 싶은데. 하지만 기분 좋았다. 신우와 조금이라도 더 함께 있을 수 있다면 오후 예배까지 드려도 괜찮겠다 싶을 정도로. 정말, 그렇게 해 볼까. 텅 빈 2층이라면 나란히 앉아도 별로 이상하지 않을 텐데…….

하지만 식당에 내려오자 좋았던 기분은 흐려졌다.

어차피 신우와 같이 먹지도 못할 상황이었다. 이어진 탁자 저쪽은 남자애들, 이쪽이 여자애들. 어색한 분위기에 더해 반찬은 싫어

하는 매운 음식들, 육개장에 오징어채와 김치. 밥은 너무 많았다.

중등부 여자애들이 몰려왔다. 도대체 여자 친구 누구냐고 몇 번 더 묻더니 신우가 대답을 해 주지 않자 말을 돌렸다.

"참, 오빠 금요일에 미미네 떡볶이 집에 있는 거 봤어요!"

밥 한 숟가락을 입에 넣고 오래 씹었다. 내가 공유하지 못할 시간과 장소들, 내가 못 볼 모습들. 신우를 구성하고 있는 한 부분을 나는 영영 모를 거라는 사실. 위가 묵직해졌다. 분명 체하게 되리라.

그때 내 옆에 앉은 1학년 여자애가 대각선 저쪽의 신우를 향해 말했다.

"박신우, 나 밥 한 숟갈만 먹어 주라."

신우는 멈칫하더니 접시를 내밀었다. 여자애는 한 숟갈이 아니라 반을 몽땅 덜어냈다.

"아, 배부른데."

신우는 조금 투덜대더니 그 밥을 먹기 시작했다.

괜히 남았다. 이런 느낌 진짜 싫다. 다 먹지 못한 밥과 반찬을 국그릇에 쏟아 붓고, 일어났다.

"그럼 나 먼저 간다."

일부러 밝은 목소리로 인사하고 식당을 빠져나왔다. 저 아이들은 이제 또 어디론가 놀러가겠지. 피씨방으로, 롯데리아로, 누군가

의 집으로. 나는 한 번도 가보지 못한 어딘가로. 신우는 그 어디로
든 갈 수 있다. 누구하고든, 뭐든 할 수 있다. 나와는 달리.

지하철역까지 뛰듯이 걸었다. 배 한쪽이 당겨 와도 멈추지 않
고. 개찰구 안으로 들어섰을 때, 누가 내 어깨를 확 잡았다.

"아, 깜짝이야!"

"아우, 걸음 진짜 빠르네. 전화는 왜 안 받아. 계속했는데."

신우였다. 머리는 잔뜩 헝클어져서 허리도 못 펴고 헉헉대고 있
었다. 플랫폼에서 열차 도착을 알리는 방송이 나왔다. 신우는 허
둥지둥 주머니를 뒤졌다.

"잠깐, 잠깐만."

신우는 버스 카드를 꺼내 개찰구에 찍었다.

"왜 들어와? 어디 가?"

"아이고, 그냥 갑시다. 네?"

신우가 내 어깨를 밀었다.

우리는 그대로 전철에 올라탔다. 자리가 많이 비어 있어서 나란
히 앉을 수 있었다. 누가, 혹시 교회 사람들이 볼까 걱정이 되었는
데 신우는 별로 생각 없는 것 같았다.

"시내 서점 간다고 하지, 뭐."

언제나 혼자 가던 길을 둘이 함께. 한 시간이 이렇게 빨리 지나
가는 시간이었던가. 그만 돌아가, 서너 정거장 지날 때마다 마음

에도 없는 말을 하다 보니 우리 동네였다.

역이 지상이라서 플랫폼에서 바깥 풍경이 보였다. 저기가 내가 사는 아파트야, 말하자 신우는 오, 하고 짧게 감탄했다.

"진짜 새롭다. 이런 동네 사는구나."

반대편 플랫폼으로 건너가 벤치에 앉았다. 다른 플라스틱 벤치들과 달리 나무를 반으로 쪼개 만든 것 같은 우직한 벤치였다.

신우는 돌아갈 생각이 없는 듯 느긋했다. 우리는 자판기에서 뽑은 뜨거운 캔 커피를 마시면서 오후의 햇볕이 선로 위로 어룽지는 것과 사람들이 전철을 타고 내리는 것을 바라보았다. 네 개의 선로로 네 종류의 전철이 꾸준히 오갔다. 빨강과 하양, 은색과 검정.

3월, 일요일 오후 세 시의 역. 봄기운이 먼지처럼 떠돌고, 열린 창으로 불어 들어오는 찬바람은 기분 좋게 시원했다.

"되게 평화롭다."

신우가 중얼거렸다. 그 순간에, 나는 정말 구원 받은 기분이 들었다.

"참, 이거 봐. 형이 보낸 건데."

신우는 바지주머니에서 꼬깃꼬깃 접힌 종이를 꺼냈다. 메일을 프린트한 것이었다. '신우에게'로 시작되는 메일은, 다른 말없이 곧바로 영어로 된 긴 시로 이어졌다. 밑에는 한국어 해석이 달려 있었다.

"내가 형 도대체 왜 그러느냐고, 꼭 신학 해야 하냐고 그랬거든. 뜬금없이 이거 하나 보내더라."

묘한 시였다. 제목은 '노래'인데, 그냥 연인이나 사랑에 대한 시로 읽히기도 했다.

세상의 무게가 곧 사랑이다.
고독의 짐을 질 때,
불만족의 짐을 질 때
그 무게
우리가 지는 그 무게가 사랑이다.

누가 거부하랴?
꿈속에서 사랑은 몸을 만지고,
생각 속에서 기적을 세우며,
상상 속에서 괴로워한다.
인간의 모습으로 태어날 때까지.

한 구절을 입 속으로 읊어 보았다. 우리가 지는 그 무게가 사랑이다…… 이해하기 어려웠다. 하지만 울림이 있었다.

"어이없지 않아?"

신우는 한숨 섞인 목소리로 말했다.

"신재 오빠는, 좀 다를 거 같아."

꽉 막히지 않고, 답을 정하지 않고. 흔한 편견이나 선입견을 뛰어넘고. 막연한, 이해에는 도달하지 못한 짧은 인상이 떠올랐다가 사라졌다.

그 편지의 내용보다는 신우가 이걸 나 보여 주려고 프린트까지 해서 가져왔다는 게 중요했다. 나도, 뭔가 보여 주고 싶었다. 핸드폰의 사진들? 집에 있는 앨범들. 뭔가, 나를 더 알려 줄 수 있는 것들을.

집에 같이 가도 될 텐데. 문득 생각했다. 어차피 엄마 아빠는 저녁이 되기 전에는 오지 않는다.

망설이는데, 신우가 핸드폰을 꺼내 시간을 보았다.

"이제 가면 딱 맞겠다."

"약속 있어?"

아쉬웠다. 조금 섭섭하기도 했다. 신우가 어이없다는 듯 날 봤다.

"오후 예배 드리러 가야지."

"아, 진짜?"

네 시 오후 예배에는 아이들은 거의 없다. 아예 사람이 별로 없어서 성가대가 신도석에 앉은 사람들보다 많을 정도였다. 신우가 한숨을 쉬었다.

"봐, 우리 집이 더 빡세다고. 오늘 아빠가 대표 기도하는 날이 래. 듣고서 감상문 써야 해."

"……농담이지?"

"어. 자리 하나 더 채우러 가는 거지."

그냥 빠져, 우리 집 가자. 아니면, 우리 동네 산책할래? 내가 다 니는 학교 궁금하지 않아? 하고픈 말들은 삼켰다.

전철이 오고, 신우는 그 안에, 나는 밖에 섰다. 문이 닫히는 짧 은 순간 동안 우리는 서로를 바라보며 웃고, 일부러 삐죽이고, 그 리고 다시 웃었다. 전철이 서서히 움직일 때까지도 마주친 시선을 놓지 않았다.

나는 아까와 똑같지만 한 겹 바랜 풍경 속에서 홀로 남았다.

차라리 같이 갈 걸 그랬나, 교회까지는 안 가더라도 같이 한 시 간 갔다가 다시 한 시간 돌아올 걸 그랬나. 일요일 하루는 아직 많 이 남아 있었고, 평소라면 서둘러 빈 집에 돌아가 마음대로 썼을 시간이었지만 지금은 그 시간들이 텅 비어 견뎌야 하는 것으로 느 껴졌다.

뭐든 같이 하고 싶었다. 집이 먼 것이 지금은 너무 싫었다. 같은 동네에 살았다면 야자 끝나고, 혹은 저녁 시간에 나가서라도 볼 수 있을 텐데. 교복을 입은 신우와 나란히 걷는 상상을 했다.

같은 반 주영이에게 신우 얘기를 한 것은 그 상상이 부풀어 감당이 되지 않을 지경에 이르러서였다.

"연하? 두 달 전까지 중딩이었던 거 아냐. 대박. 어린애를 만나다니……. 장하나 네가 그럴 줄 몰랐다."

"한 살 차이야, 뭐가 어린애야. 나보다 나이 들어 보여. 노안이야."

킥킥대며 자랑인지 디스인지 모를 얘기들을 주고받았다. 나도 모르게 목소리가 높아지고 말이 계속 나왔다. 얘기하고 싶었던 거구나, 새삼 깨달았다.

"나 구경하러 갈래."

주영이가 신이 나서 말했다. 한 시간 거리쯤은 호기심 충족을 위해서라면 감당할 수 있다고 했다.

"근데 그 정도면 장거리 연애 아냐? 난 매일 못 보면 싫던데. 나 그래서 헤어졌잖아."

주영이는 단번에 시무룩해졌다. 중2 때 사귀었던 남자 친구가 먼 동네로 이사 가는 바람에 헤어졌단 얘기를 들은 적 있다.

"평일엔 어차피 야자 때문에, 뭐."

나도 했던 생각이지만 다른 사람의 입으로 들으니 지금도 괜찮다고 옹호하게 되었다. 우리의 접점은 그런 거리와 상관없이 견고

하다고 말하고 싶었다.

"근데 너네는 헤어져도 매주 마주치겠네. 둘 중 하나가 교회 옮겨야 하는 거 아냐?"

"뭐? 누가 헤어져? 무슨 얘기야?"

지나가던 애가 끼어들었다.

"아니……. 교회 얘기."

남친 얘기라고 말하긴 싫었다.

"헐, 장하나 너 교회 다녀?"

교회 다닌다, 는 말이 끌고 들어오는 뚜렷한 편견. 공감과 방어하고픈 마음이 뒤섞였다.

기독교계 재단의 사립 여고라서 종교부도 있고 일주일에 한 번 전교생이 함께 참가하는 예배 시간도 있었다. 선생님들은 대부분 교회를 다녔고 교회 다니는 애들을 더 잘 봐준다는 말도 돌았다. 그만큼 반감을 가진 아이들도 많았다. 그래서 더더욱 티를 내지 않으려고 했다.

남자 친구를 교회에서 만났다고 하면 어떤 이미지로 보일지 안다. 아닌데. 우리는, 다른데.

주영이는 바로 다음 주에 오겠다고 했다. 전화 통화를 하다 신우에게도 말했다. 친구가 교회 올 거 같아, 그 정도만. 너 보러, 는 빼고.

- 오 전도한 거야? 전도사님 좋아하시겠네. 요즘 실적이 영 별로라고 슬퍼하시던데.

"실적이 뭐야, 영업 사원이냐."

- 비슷한 거지 뭐. 나보고 고난주간 새벽 기도회 좀 나오라고 하더라고. 그래야 애들도 나올 거라고.

"헐. 인기 많다고 자랑하는 거지."

하하, 신우는 크게 웃었다.

곧 있으면 고난주간이었다. 평소 새벽 기도회에 나오는 아이들은 좀처럼 없지만 고난주간 특별 새벽 기도회에는 다 참석하라고 독려한다. 나 역시 매년 엄마 아빠에 끌려 나갔었다. 예전 같으면 새벽 네 시 반에 일어날 생각에 막막하고 짜증이 났겠지만, 지금은 신우를 매일 아침 볼 수 있겠구나, 그 생각부터 났다. 그럼 머리를 감고 가야 하나. 네 시에는 일어나야겠다……

- 친구 오면 같이 뭐 먹으러 갈까?

신우가 말했다.

"진짜?"

- 어. 우리 학교 앞에 버블티 가게 새로 생겼는데, 거기 맛있다던데.

"애들 보면 어떻게 해."

- 맛집 물어봐서 알려주는 거라고 하지 뭐.

신우는 뻔뻔하게 말했다. 말이라도 고맙다며 웃었다. 있을 법하지 않은 일, 하지만 없으리란 법은 없는 일. 주영이와, 신우와, 셋이? 상상이 되지 않았다. 그런데도 설레었다.

하지만 일요일 아침, 주영이는 못가겠다는 문자를 보내 왔다.

- 오늘 할머니가 오신대. 미안. 다음 주에 꼭 갈게.

크게 실망하진 않았다. 차라리 한 주 더 건너뛰고 부활절에 오라고 할까 싶기도 했다. 새 친구가 교회 온다고 하면 특별 용돈을 받을 수 있을 것이다. 이 동네 말고, 시내로 나가서 뭐라도 사 먹고 놀까. 둘이 서로 어색해 하면 어떻게 하지. 그럼 영화를 볼까…….

신우라는 요소가 끼어드니 계획 하나 짜는 것도 복잡했다. 그래도- 그래서 좋았다. 새로 선물 받은 물감 하나처럼. 그림은 말할 수 없이 풍성해지고.

아침 성가 연습을 하고 있는데 뒤에서 신우가 작은 목소리로 물었다.

"친구 안 와?"

나보다 내 옆에 앉은 2학년 애가 먼저 반응했다.

"무슨 친구?"

"아, 하나 누나 친구 온다 그래서. 어, 지혜 누나 안경 바꿨어? 잘 어울린다."

신우가 넉살 좋게 말을 넘겼다. 하여간, 못 말린다.

거기까지는 평상시와 같은 일요일이었다.

예배 시작하기 직전에 못 보던 여자애 둘이 고등부실에 들어왔다. 여자애들은 어색하게 두리번거리고, 선생님이 재빨리 그 애들에게 걸어가 말을 걸었다. 뭔가를 얘기하더니 선생님이 성가대석 쪽을 보고 외쳤다.

"박신우! 친구 왔다!"

애들 시선이 일제히 신우를 향했다. 신우는 어정쩡하게 일어났다.

"뭐냐, 진짜 왔네."

"온다고 했잖아. 네가 오라며."

여자애 중 하나가 웃으며 말했다.

"와, 새 친구 왔구나!"

뒤늦게 나타난 전도사님이 호들갑 떨며 그 애들을 맞아들였다. 교회에서 새 친구, 새 신자는 수류탄 급의 위력을 가진다. 모두가 그 애들에게 잘해 주어야 한다. 조금의 불편함도 없도록, 다음 주에 또 올 마음이 생기도록. 이런 역할에 익숙한 몇몇이 벌써 다가가 학교와 학년을 물으며 말을 시키고 있었다.

160

신우와 같은 학원 애들. 한 명은 중학교 동창이기도 하고. 들으려 하지 않아도 들려왔다.

"헉, 저 중에 박신우 여친 있는 거 아냐?"

내 앞에 앉은 1학년 여자애들이 호들갑을 떨었다. 마음이 구겨졌다. 또 찾아온 불쾌한 기분. 손에 잡히는 것 없이 허우적대고 있는 듯한.

예배가 끝나고, 선생님 한 사람이 새 친구도 왔으니 나가서 맛있는 거 사먹자고 했다. 마침 성가 연습도 없는 날이었다. 1학년 여자애들이 따라붙었고, 남자애들 몇 명도 같이 간다고 했다. 선생님은 너무 많아지면 곤란하다며 손가락으로 애들 머릿수를 세었다.

"하나 누나 갈 거지?"

신우가 물었다. 아니, 거절하고 집에 가 버리는 게 나았을 것이다. 하지만 나는 따라갔다. 장하나 웬일이야, 요즘은 집에 빨리 안 가네? 농담인지 진담인지 모를 말을 들을 때 돌아섰어야 했는데.

나도 몇 번 와 본 즉석 떡볶이 집이었다. 가운데 자리에 새로 온 여자애들이 앉고, 그 왼쪽으로는 신우가, 오른쪽으로는 선생님이 앉았다. 거기가 중심이었다. 나머지는 들러리이거나 관객. 나는 그중에서도 당장 빠져도 티 안 날 엑스트라.

신우와 중학교 동창이라는 단발머리는 밝은 애였다. 벌써 적응을 했는지 잘 웃고, 농담도 잘 받아친다. 다른 애는 조용하고 수줍었다. 그래도 계속 시선이 갔다. 그 애들이 끌고 들어온, 새로운 공기. 모두 들떠서 평소보다 오버해서 떠들어대고 있다.

떡볶이를 다 먹자, 선생님은 시계를 보며 서둘러 교회 쪽으로 가고, 남자애들은 피씨방으로 갔다. 어쩌다 보니 신우와 그 여자애들, 나를 포함한 교회 여자애 셋만 남았다. 단발머리 여자애가 신우 옷소매를 잡았다.

"교회 오면 맛있는 거 사 준다며!"

"야, 지금 떡볶이 먹었잖아."

"네가 산 거 아니잖아."

눈을 동그랗게 뜨고 장난스레 따지는 게 귀여웠다. 신우는 쩔쩔매고, 내 옆에 선 1학년 여자애들이 눈을 이리저리 굴렸다.

"알았어, 알았어. 아이스크림 먹을 사람."

신우가 우리 쪽을 봤다. 그런데 아무도 나서지 않았다. 당연히 나도 대답 못했다. 1학년 애들도 안 가는데 2학년인 내가 어떻게 끼어드나. 신우는 당황한 것 같았다. 나를 자꾸 봤다. 나는 눈을 피했다. 보기 싫었다.

신우와 그 여자애들만 편의점으로 가고 나머지는 길을 건넜다. 내가 지하철 역 가는 길로 빠지기 전, 1학년 여자애들은 누가 신우

여친인가에 대해 열띤 토론을 하고 있었다.

"걔다, 머리 긴 애. 딱 박신우 스타일이네. 박신우가 소녀 소녀 한 애 좋아하잖아."

지난주만 하더라도 아이들이 그런 추측을 하는 것이 재미있었다. 엉뚱한 이름을 대는 걸, 혼자 속으로 웃으며 들었다. 하지만 지금은 기분이 더러웠다.

신우가 교회에서 누굴 만났던 적은 없었다. 내가 알기론 그랬다. 그런데, 그렇게 인기 많은 신우가 교회에서 여자 친구 사귄적이 정말 없었을까? 머리가 지끈거렸다. 지금 나랑 그러고 있는 것처럼, 아무에게도 말하지 말자 하고 사귀었으면 모르는 거 아닌가.

아니, 교회 애 말고 학교에서, 아니면 학원에서. 내가 전혀 모르는 장소에서.

이제 와서 신우에게 물을 수도 없다. 당연히 없었을 거라고 생각했던 내가 바보 같았다.

그날 밤 신우와 통화할 때, 나는 그 아이들에 대해 묻지 않았다. 아까 혹시나 신우가 올지도 모른다는 생각에 역 플랫폼에 앉아 세 대의 지하철을 그냥 보냈다는 것도 말하지 않았고, 그 애들과 뭘 더 했는지, 언제 헤어졌는지도 묻지 않았다.

아무 일도 없었던 척. 기분 나쁘지 않았던 척.

나 원래, 교회에서는 그랬었지. 믿는 척, 의심하지 않는 척, 기분 좋은 척.

어딘가 갈라지고 있었다. 온전히 이어져 있다고, 꼭 맞는다고 착각했던 무엇인가가.

그 애들은 다음 주에도 또 왔다. 주영이라도 왔으면 나았을 텐데, 주영이는 이번 주에도 못 왔다.

"이번 주는 고난주간입니다. 경건하게 보내세요. 내일부터 특별 새벽 기도회 있으니까 꼭 나오고, 웬만하면 피씨방 가지 말고, 예수님의 고난에 동참합시다. 알았지, 박신우?"

전도사님의 말에 신우는 눈을 감고 입을 벌려 자는 척을 했다. 아이들이 왁자지껄하게 웃어댔다. 전도사님은 강대상을 탁탁 치며 말했다.

"하나 봐라, 벌써 심각하다. 저렇게 해라, 어?"

애들이 일제히 나를 봤다. 확 붉어지는 얼굴과 주체할 수 없이 끓어오르는 짜증. 날 알긴 해요? 뭘 안다고 그런 말을 해요?

예배 끝나고 반별로 성경 공부를 하는데 새 신자 반에서 나와 신우를 불렀다. 그 새로 온 애들에게 본보기를 보이라는 거다. 우리가 제일 잘 아니까. 뭘 잘 알아? 교회가 어떻게 돌아가는지? 어떻게 말로 사기 치는지? 이미 난 삐뚤어질 준비가 다 되어 있었다.

새 신자반 선생님은 할머니 권사님이었다. 선생님이 하는 얘기는 뻔했다. 믿으면 복을 받고. 성적도 잘 나올 거고. 평소 같으면 한 귀로 듣고 한 귀로 흘릴 얘기였다. 그런데, 뭔가 날 흔들어 놓았다. 실수로 비틀어 열었다간 왈칵 쏟아질 탄산음료처럼.

"그러니 이제 민주랑 소현이도 교회 잘 나오면, 하나님이 복을 주실 거예요. 질문 있어요?"

의례적인 물음에 툭 말이 나갔다.

"그치만 성경에 그런 말도 있잖아요. 예수님을 믿으면 핍박 받게 될 거라고. 가시밭길이라고. 그러면, 교회 다니고 예수님 믿는다고 다 잘살게 되는 것도 아니잖아요?"

아이들의 시선이 꽂힌다. 입가가 떨렸다.

"그래, 그런 말씀도 있지."

할머니 선생님의 얼굴이 빨개졌다. 바로 후회했다. 상대를 잘못 골랐다.

"그 얘기는…… 그래, 전도사님이랑 따로 토론을 해보면 좋겠다. 오늘은 새 친구들도 있으니까……."

선생님은 겨우 상황을 마무리 지었다. 안도했다. 내가 한 말들이 빨리 덮여 버렸으면, 모두 잊어버렸으면. 그때, 신우가 입을 열었다.

"저 누나가 좀 진지해."

신우가 던진 농담에 선생님도 아이들도 웃었다. 긴장된 분위기가 풀렸다. 그런데 난 그 말이, 너무 싫었다.

"뭐?"

얼굴이 바짝 굳었다.

신우가 아닌 다른 사람이 말했으면 농담으로 받고 넘어갔을 것이다. 하지만, 네가 그런 말을 하면 안 되는 거잖아. 너도, 나처럼 생각하잖아. 아닌 척 하는 거야? 우리가 한 말들, 웃음들, 통했다고 생각했던 순간들, 신우가 그 모든 걸 짓밟은 것처럼 느껴졌다.

"장하나, 뭘 그렇게 정색을 해. 새 친구도 있는데……."

신우와 나와 함께 새 신자 반에 불려 왔던 3학년 언니가 나무라듯 말했다.

"그게 아니라요……."

너무 당황스럽게도 눈물이 쏟아질 거 같았다. 여기서 울면, 진짜 바보 찐따가 되는 거다.

"잠깐 좀……."

일어나 나왔다. 그 정도로도 분위기를 망치기엔 충분했을 것이었다. 뛰듯이 계단을 내려가 화장실로 들어갔다. 거울 앞에 있던 집사님이 인사를 건넸는데 받을 정신도 없었다. 문을 닫자마자 눈물이 줄줄 흘렀다. 소리를 내지 않으려 입을 틀어막고 울었다.

분했다. 억울했다. 아니, 딱히 정의 내릴 수 없는, 정의 내리고 싶지 않은 감정들이 들끓었다.

나는 그러고 한참을 유치부 쪽에 숨어 있었다.

- 어디야? 집에 갔어?

신우의 문자를 바라보다 핸드폰을 꺼 버렸다.

성가 연습 끝났을 시간까지 기다렸다가 가방을 챙기러 고등부 실에 올라갔다. 애들은 아무도 없었다.

가방을 가지고 계단을 내려오는데, 아까 그 언니와 마주쳤다. 얼굴을 마주하기도 싫어 꾸벅 인사만 하고 지나가려는데 언니가 날 붙잡았다.

"하나 너…… 신우 좋아해?"

"네?"

당황스러웠다. 언니는 조심스레 몇 마디 했다. 박신우가 여자애들 데리고 왔다고 삐져서 나간 걸로 보였겠구나. 그리고 그게 바로 사실이기도 하지. 스스로의 멍청함에 화조차 나지 않았다.

저만 좋아하는 거 아닌데요, 우리 사귀는데요, 이렇게 말할 수가 없으니까.

사실 말해도 되는 문제였다. 하지만 그 순간에는 그 상황이 나를 너무 강하게 사로잡고 있어서, 마치 비련의 주인공이 되어 배신을 당하기라도 한 것처럼, 그 감정에 취해 입을 다물었다. 속으로 삼켰다.

집에 돌아와 핸드폰을 켰을 때 밀린 문자가 연달아 화면에 떴다.

- 왜 그러는데.

- 내가 잘못했어. 농담한 거야.

신우의 사과는 너무 쉬워 보였다. 네가 무슨 짓을 한 건지 알아?

상상의 놀이를 하는 어린아이들. 흙과 나뭇잎으로 상을 차려 맛있게 먹는 시늉을 한다. 그러다 어느 한 쪽이 이걸 어떻게 먹어? 이건 흙이잖아, 하면서 놀이를 망가뜨려 버린 것과 같았다. 쟤 봐, 흙을 먹는대! 하고 놀림 받고, 홀로 놀이터에 남은 아이가 된 기분. 그만큼 처참했는데, 그게, 농담이라고?

- 진짜 걔네 때문에 그래? 교회 오지 말라고 그럴까?

신우의 솔직함이 나를 찔렀다. 어리석은 건 너라고 비난하는 것 같았다.

- 기분 나쁜 거 있음 풀고, 잘 자요.

기분 나쁜 거? 그 말에도 울컥 감정이 올라왔다.

난 결국 답장을 하지 않았다.

"옷 따뜻하게 입어."

엄마의 말에 후드점퍼를 챙겼다. 밖의 공기는 차고 습했다. 밤보다 어두운 새벽 네 시 반. 밤새 밖에 주차되어 있던 차 안은 얼어붙도록 추웠다. 웅크리고 앉아 손을 비볐다. 잠이 덜 깨서 영혼의 반은 여전히 침대 속에 있는 기분이었다. 영혼, 그런 게 정말 있다면.

교회 본당은 사람들로 꽉 차 있었다. 고난주간의 시작. 평소 새벽 기도에 오지 않는 사람들까지 큰마음을 먹고 찾아온다. 월요일이 제일 붐비고, 점차 줄다가 예수님이 십자가에 매달리신 금요일에는 다시 많아질 것이다. 저 앞에 신우네 가족들이 나란히 앉은 게 보였다.

짧은 예배와 통성기도, 그러고는 불을 끄고 어둠 속에서 각자 기도 시간. 멍하니 앉아 있었다. 사람들은 소리를 높여 기도하고 있다. 모두 고개를 숙이고. 눈을 꼭 감고. 크게 소리를 질러 가면서.

기도하고 싶지 않았다. 눈을 감기도 싫었다. 사실은, 눈을 감기만 해도 눈물이 나올 것 같아서 였다. 진짜로 뭘 느낀 것도 아닌데 마음이 약해진다. 학습된 조건반사, 정말 진절머리 났다.

그때 앞자리에 앉았던 신우가 일어나는 게 보였다. 고개 숙이고 기도하는 척이라도 할 걸, 눈이 마주쳤다. 신우는 날 똑바로 바라보며 걸어왔다. 조금씩 가까워지고, 가까워져서 내 앞까지. 신우는 내게 고갯짓을 하고 앞서 걸어갔다. 나는 일어나 그 뒤를 따랐다.

밖은 아직 어두웠고 사람들은 아무도 나오지 않았다. 다섯 시 반의 새벽. 주황빛 가로등. 낮에는 싹튼 잎이 보였을, 지금은 얼어붙은 것 같은 마른 나무들. 밤과는 다른 고요. 그리고 추위. 후드를 눌러쓰고 팔짱을 꼈다.

"왜 답장을 안 해? 무슨 일 있나 걱정했어."

신우는 평범하게 말했다. 화났을까? 그랬겠지? 설명을 하고 싶었다. 그런데 말이 안 나왔다. 설명하려면 너무 많은 걸 말해야 한다. 내가 모르는 것들까지도.

"누나도 누구 전도하기로 했다며. 나도 뭐 해야겠다 싶어서 학원에서 애들한테 말한 건데, 걔네가 오겠다고 한 거야."

"그거 때문에 그런 거 아니야."

"그럼?"

말문이 막혔다. 신우가 달래듯 말했다.

"우리 사귀는 거, 애들에게 말할까?"

"싫어."

그 말은 쉽게 나왔다. 애들은 놀라겠지. 당황하겠지. 너무나 의외의 인물. 안 어울리는 한쪽.

"그럼요, 왜 그러는 건데요?"

이럴 때 말 높이는 건 진짜 치사한 거 아닌가. 답답함이 말끝에 묻어나왔다. 신우는 후회하고 있을지도 모른다. 어쩌다 나 같은 애랑 엮여서 이 고생을 하고 있나, 하고.

나는 말을 하지 않았고 신우는 짧은 한숨을 내쉬었다. 그 한숨에 내가 겨우 붙들고 있던 자존심이 조각조각 났다.

자꾸 초라해지는 내 자신이 싫었다. 초라하다고 생각해 버리는 내가. 잘 안 맞는 옷을 입은 것처럼 삐걱거리는 내가 너무 싫어서, 그대로 구깃구깃 접어서 쓰레기통에 처넣고 싶었다.

"아우, 밤새 뭘 했기에 계속 자냐."

주영이가 초코 우유를 책상에 놓으며 타박했다.

"어…… 새벽 기도 나가야 해서."

새벽 기도란 말이 너무 골수처럼 들려서 싫었다. 괜한 말을 덧붙였다.

"지금 고난주간이라서, 특별히 나가는 거야. 다음 주가 부활절이거든."

"아, 계란 나눠주는 날?"

주영이가 알겠다는 듯 고개를 끄덕였다. 보통 사람들에게는 딱 그 정도의 의미.

"오, 그럼 남친도 나오겠네? 매일 봐서 좋겠다. 아침잠 희생하고 갈 만하네."

주영이는 비밀이라도 말하듯 소곤댔다. 억지로 웃었다.

"저기……."

주영이가 자기 자리로 돌아가자 앞자리 애가 뒤돌아 조심스레 말을 걸었다. 불러 놓고도 한참을 망설이더니 갑자기 엉뚱한 얘기를 꺼냈다.

"혹시 나 기도문 쓰는 것 좀 도와줄 수 있어? 다음 주에 내가 대표 기도 해야 해서……."

별로 친하지 않은 애였다. 대표 기도? 맞다, 얘 종교부지. 전체 예배 시간이면 앞에 나가 찬양 율동도 하고, 진행을 돕는 걸 본 기억이 났다.

"나 잘 모르는데……."

말끝을 흐렸다. 알기 알지. 너무 잘 알지. 네가 어떤 상황을 주문하든 그에 맞는 성경 구절과 단어들을 내뱉을 수 있어. 그런 스스로를 참아 내야 하겠지만.

"종교부 임원 언니들한테 미리 제출해야 하는데, 그 전에 그걸 한 번 봐줬음 해서……. 하나 너 교회 오래 다녔다면서? 나는 다닌 지 얼마 안 되서 어떻게 써야 할 지 잘 모르겠어. 인터넷 찾아보고 그러긴 했는데."

진짜 해맑게 말해서 더 거절할 명분도 없었다.

"방금 들었는데, 새벽 기도도 나가? 좋겠다. 나는 가고 싶은데, 엄마가 싫어해. 새벽에 위험하다고. 너는 괜찮아?"

"난, 엄마 아빠랑 같이 가서."

"진짜? 와, 정말 좋겠다."

정말로 부러운 눈치였다. 그게 부러워? 예전 같으면 더 꼬아서 생각했겠지. 지금은 그렇게 생각할 수 있는 그 애가 차라리 부러웠다.

월요일부터 토요일까지 새벽마다 신우를 봤다. 그 뒤로 신우가 내게 말을 거는 일은 없었다. 내가 뭔가 해야 한다는 자각은 있었다. 신우는 할 만큼 했다. 그런데도 옴짝달싹하지 못하게 나를 묶어 놓은 것은 무엇일까.

부활절 전날 토요일에는 새벽에도 가고 오후에도 또 교회에 가야 했다. 부활절에 나눠 줄 계란을 포장하는 일 때문이었다.

중등부 임원들부터 고등부 임원들, 어른들까지 와서 식당이 북적거렸다. 삶는 건 주방에서 권사님들, 집사님들이 이미 다 해 놓았다. 탁자마다 희고 노란 달걀이 가득 담긴 소쿠리가 하나씩 놓였다.

달걀에 붙이는 스티커. '예수 부활하셨네', '하나님은 사랑이시라.'

사랑, 사랑, 사랑……. 지겹도록 발에 채는 사랑이라는 말. 도대체 사랑이 뭔데?

머리는 입력된 답을 읊는다. 사랑은 오래 참고. 사랑은 온유하며. 시기하지 않고…….

결국, 내가 하는 것은 사랑이 아니다. 나는 시기하고 화를 내고 참지도 못한다. 기본 중의 기본이라는 사랑조차 제대로 하지 못하는 것이다.

"여기 하얀 달걀은 스티커 붙이지 말고 그냥 포장을 하는 게 낫겠다."

집사님 말을 따라 맨질맨질한 달걀을 셀로판지에 감싼다. 스카치테이프를 붙이고 양쪽 끝을 리본으로 묶는다. 단순한 작업이 그나마 머리를 맑게 했다. 포장된 계란을 센다. 스물. 스물 하나…….

"신우 오빠, 이거 좀 깨 줘요."

중등부 여자애가 옆 테이블에 앉은 신우에게 달걀을 내밀었다. 먹으면서 하라고 집사님들이 따로 내어 놓은 삶은 계란인 줄 알았는데, 신우가 그걸 탁자에 내리친 순간 팍 하며 생달걀 흰자가 튀었다.

"아, 씨발!"

신우의 욕에, 깔깔댈 준비를 하고 있던 여자애들이 얼어붙었다. 자기들끼리는 재밌을 거라 생각한 장난. 평소의 신우라면 받아 줬을 법한 장난이었다.

누가 신우에게 휴지를 주었지만 신우는 끈적거린다며 닦다만 휴지를 내팽개치고 식당을 나갔다. 짜증이 난 게 역력한 얼굴이었다.

"야, 무슨 그런 장난을 치냐?"

"박신우 요즘 왜 저리 예민해? 여친이랑 싸웠나?"

누군가의 말에 가슴이 덜컥 내려앉았다. 신우와 같은 학교에 다니는 아이들이 요즘 신우에 대해 말을 푼다. 인상 쓰고 다닌다, 짜증이 많아졌다, 피씨방에도 안 나타났다…….

"고난주간이라 그런가?"

누군가의 농담에 애들은 웃어 버린다. 중등부 여자애들만 심각하게 소곤거리고 있다.

가슴이 일렁거렸다. 그건, 어떤 안도감이기도 했다. 나 때문에, 기분이 좋지 않은 거구나. 아직 내가 신우에게 그 정도는 되는구나.

화장실에 간다고 중얼거리고 식당을 빠져나왔다. 신우는 물 묻은 손을 털면서 식당 쪽으로 걸어오고 있었다.

그 안도감 때문에, 나는 신우와 마주쳤을 때 말할 수 있었다.

"미안해."

신우는 내가 새벽에 그랬듯 자기 발끝만 내려다보고 있었다.

"네가 잘못한 거 없어. 내가…… 그냥. 너무 바보 같아서 그래."

"왜 그렇게 혼자 생각하고 혼자 결론을 내?"

신우가 내 말을 끊었다. 냉랭한 말투였다.

"어렵다, 진짜."

네가 어려워? 어려워하고 있는 건 나인데. 너는, 하나도 안 어렵잖아, 너는…….

"내 생각도 들어 봐야 하는 거 아니야?"

힘을 얻었던 마음이 도로 풀려 나간다. 사과하고 나면 괜찮아지는 게 아니었나. 내 잘못이라고 말하고 나면. 잘못했어요, 회개하고 나면 다 용서 받는다면서.

"신우 오빠!"

아이들이 이쪽으로 왔다. 예전 같았으면 제풀에 놀라 서둘러 거리를 뒀겠지만, 딴청을 피웠겠지만 신우와 나는 그냥 그대로 서 있었다. 누군가 이상하다고 생각했을까, 아니, 그런 일은 없었다. 우리는 그대로 아이들에 휩쓸렸다. 아니, 신우만.

"오빠, 미안해요. 장난이었는데……."

여자애들이 신우를 둘러싸고, 신우 네가 이해해라, 훈수 두는 고등부 애들이 다시 한 겹 더. 나는 한 걸음, 다시 한 걸음 뒤로. 견고한 벽 뒤로.

언제나 그랬던 것처럼.

"예수님께서 떡을 떼어 말씀하셨습니다. 이는 너희를 위하여 주는 내 몸이라, 이를 행하여 나를 기념하라. 또 잔을 들어 말씀하셨습니다. 이 잔은 내 피로 세우는 새 언약이니……."

부활절의 성찬식. 전도사님은 엄숙하게 모카빵을 뜯고, 긴 유리병에 담긴 포도 주스를 은잔에 따랐다. 연극적으로 읊는 익숙한 대사들이 오늘따라 크게 조정된 마이크 때문에 쨍쨍 울렸다.

어젯밤은 거의 자지 못했다. 얕은 잠 속에 끈질긴 악몽이 따라붙었고 맥락 없이 뒤섞인 망상들로 머리가 몽롱했다.

한 가지만이 확실했다. 내가, 놓쳐 버렸다는 것.

원망이나 억울함보다 체념이 앞서는 것은 왜일까. 나의 한계와, 부족함과, 굳어져 변하지 않는 완고함이 먼저 떠오르는 것은.

내 앞으로 빵과 포도 주스가 담긴 작은 플라스틱 잔이 담긴 쟁반이 넘어왔다. 작은 잔을 들어 주스를 삼킨다. 달콤함이 입안을 긁는다.

어렸을 때 믿음이 너무 강해서 성찬식의 빵과 포도주를 입에 넣었다가 그게 진짜 살과 피로 변했다는 사람 이야기를 들은 적이 있다. 물컹했겠지, 피 맛, 비린내……. 절대 그런 일을 겪고 싶지 않다는 걱정은, 나는 절대 그런 일을 겪을 리 없다는 확신으로 바뀌었다. 나에게는 그만한 믿음이 없으니까.

나는 영영 겪어 보지 못할 어떤 세계. 이 지독한 막막함은 어디서 비롯한 것일까.

"이제 모두 기도합시다."

전도사님이 기도를 시작했다. 자동으로 눈을 감았다. 눈을 감아도 어두워지지 않는다. 번쩍이는 빛들이 남아 더욱 어지러웠다.

"변함없이 우리를 사랑하시는 하나님 아버지……."

신우의 말이 떠올랐다. 어떠한 상황에도 변하지 않는 건, 영원하다는 건 없는 거나 마찬가지 아닌가? 언제나 당연하게 있는 거라면, 그게 있는 줄 없는 줄 어떻게 안단 말인가?

……그래서 인간이 된 걸까.

죽어 버릴 수도 있다는 걸 알려주려고. 없어질 수도 있다는 걸 알려주려고.

"예수님께서 십자가를 지셨듯이 우리도 가자 자기 십자가를 지고……."

너무 많이 들어 익숙한 이 말이 갑자기 생생하게 다가왔다.

'고독의 짐을 질 때. 불만족의 짐을 질 때. 그 무게. 우리가 지는 그 무게가 사랑이다.'

신우가 보여준 시의 구절이 그 위로 겹쳤다.

나는, 나도 모르게 몸을 웅크렸다. 목 안쪽이 꽉 막히고 배가 당겼다. 눈물이, 났다.

고독의 짐. 불만족의 짐. 그런 게 어떻게 사랑이 되지. 신재 오빠는 왜 그렇게 어려운 걸 하려고 할까. 다른 사람도 다 그런가? 저기 말을 더듬는 노총각 전도사님도, 설교 때마다 유치한 농담을 하는 목사님도, 남 얘기 좋아하는 집사님도, 그리고 우리 아빠와 엄마도, 이런 걸 느꼈나? 이런 걸 넘어섰나?

모두가 자기의 무게를 진다. 내가 보는 게 다가 아니다. 나의 십자가. 신의 십자가. 사랑도 십자가가 될 수 있다…….

나는 고개를 수그려 깍지 낀 손에 이마를 댔다. 어깨가 들썩이는 걸 막을 도리가 없었다. 예배가 끝날 때까지도, 자꾸 눈물이 나서 고개를 들지 못했다. 옆에서 누가 휴지를 건넸다.

"하나 은혜 많이 받았나 보더라."

나이 많은 선생님이 손을 꼭 잡고 감격에 겨워 말했다. 손을 흔드는 대로 그냥 두었다.

모든 게 한 걸음 멀어진 것 같았다. 아니, 내가 한 층 물러나 있는 것 같았다. 조금 높게, 움직이는 나 자신의 어깨에 걸터앉아 주변을 보는 기분이었다.

눈에 자꾸 걸리는 신우의 모습. 계란을 주고받는 사람들. 밖으로 향하는 가파른 계단. 밝게 인사를 건네는 사람들. 지하철역으로 가는 좁은 길. 푸릇하게 물이 오른 가로수들─ 익숙한 것들이, 갈라져 있는 것들이 합쳐진다. 하나로. 뭉쳐서.

모든 것이 변할 것이다. 그러나 순간은 영원하며, 그 영원 속에서 내가 잡았던 것의 의미를, 지나간 후에야 알게 되리라.

강렬한 확신이었다. 지금 가려진 것들이 언젠가 분명하게 드러날 것이라는. 신앙이나 종교의 테두리를 벗어나, 지금은 절대 알 수 없는 어떠한 방식으로 뚜렷한 답을 얻게 되리라는 확신.

먹먹했다. 기쁘지 않았다. 슬픈 것도 아니었다. 조금, 괴로운 것일까.

아빠 엄마가 받아온 것까지 계란은 열 개가 넘었다. 엄마는 장조림을 만들었고, 그걸 먹으면서 나는 신우를 생각했다.

우리는 이제 헤어진 걸까? 딱 사귀자고 시작한 것도 아니니 헤어지자는 말없이 헤어지는 것도 이상할 바 없었다. 그렇게 생각하자 씁쓸한, 그러나 차분히 가라앉은 감정이 찾아왔다.

월요일과 화요일은 힘들었다. 수요일은 좀 나았다. 주영이와 시시한 농담을 주고받고, 매점에 가고. 남친 안부를 묻는 의례적인 질문엔 좀 별로야 대답했더니 눈치껏 물어보지 않아 주었다.

점심시간에 종교부 애가 기도문을 들고 왔다. 알록달록한 편지지에 쓴, 손 편지 같은 기도문이었다. 흔한 말들. 우리 죄를 사하시고, 우리 기도를 들어주시고, 사랑하는, 우리를 위해 죽으신······.

"넌, 진짜 이렇게 생각해?"

비꼬는 게 아니었다. 정말로 궁금했다.

"응."

그 애는 고개를 끄덕였다.

깎아내릴 마음도 없었다. 그냥, 그렇구나 생각했다. 내가 받아들이지 못한 것을 누군가는 받아들인다. 나는 구겨진 주보에 대충 메모하여 읽는 기도를, 누군가는 고운 편지지에 한 단어 한 단어 눌러 적는다. 읽고, 또 읽고, 읽어 달라 부탁하고, 고치고, 그렇게 준비한다. 그 차이는 어디에 있을까.

책상 앞에 앉아, 눈을 감았다. 수업을 알리는 종이 치고, 교실 안의 소란스러움은 극에 달했다. 뛰는 소리, 비명 소리, 쾅 문을 여 닫고, 누군가를 찾고. 그 소음 속에서 나는 기도했다.

제가 모르는 것도 많겠지요. 솔직히, 지금도 그래요. 그렇지 만…… 그게 잘못은 아니잖아요. 이렇게 태어났고, 이렇게 자랐고, 이런 생각을 하고, 그건 제 탓은 아닌 것 같아요. 그게…… 내 십 자가일까요.

한 마디도 쉽게 뱉지 못하는 것은, 이게 진짜 내 심정인지, 배운 대로 하는 건지, 아니면 일부러 더 위악을 떠는 건지도 모르겠어 서. 모르겠다는 게 가장 정확해요.

인간이 된 신이라면, 내 이런 마음을 이해하겠죠.

코끝이 찡해지고, 눈시울이 뜨거워지고, 좋아하지 않는 기분. 울 것 같은 기분이 찾아왔다. 고비를 넘기고, 드르륵, 교실 문이 열 리는 소리를 들으며 기도를 맺었다.

그러니, 자비를.

따뜻한 바람이 불어왔다. 운동장을 둘러싼 나무들은 저마다의 색깔로 연하게 칠해 놓은 것 같았다. 아직 초록이 되기 전, 연두와 갈색과 노랑이 뒤섞인 색깔들. 시간이 지나면 비슷비슷한 초록으로 보일 테지만 지금은 꽃보다 더 다채로웠다.

"벚꽃 구경 가고 싶다."

주영이가 말했다.

"그럼 지금 갈까?"

"진짜?"

야자 없는 수요일, 일찍 나오려니 허전했다. 뭐라도 하고 싶었다.

교문을 나서는데, 좁은 찻길 건너편에 서 있는 사람이 눈에 들어왔다. 낯선 교복을 입은 남자애.

신우였다.

"왜 그래?"

내가 멈춰 서자 주영이가 물었다. 뭐라 답할 틈도 없이 날 알아본 신우가 손을 번쩍 들었다. 교문 앞에 나타난 낯선 남자아이를 흘끗대며 지나가던 애들은 신우가 인사를 건넨 상대를 찾아 일제히 뒤를 돌아보았다.

내 얼굴에 티가 났을까. 발끝에 힘을 주어 걸었다. 안 그랬다가는 발이 꼬여 넘어질 것 같았다. 사실은, 도망가고 싶었다. 모르는 척 하고 지나가고 싶었다. 이 상황을 모면하고 싶었다.

그렇지만…… 신우는 자꾸 가방을 고쳐 매는 게 불안해 보였다. 어려 보였다. 저기 저러고 있으려면 얼마나 많은 용기가 필요할까. 무슨 마음으로 여기까지 왔을까. 그 생각을 하자 조였던 마음이 느슨해졌다.

"우와, 쟤 좀 봐. 여자 친구 만나러 왔나 봐."

옆에서 주영이가 말했다. 나는 크게 숨을 들이쉬고는 말했다.

"쟤가 걔야."

"어? 어! 진짜? 안녕하세요!"

주영이와 신우가 인사를 주고받는 모습은 비현실적이었다.

주영이는 갑자기 일이 생겼다며 가 버리고 나와 신우는 집을 향해 걸었다. 원래는 버스로 세 정거장 거리를, 아무 말 없이, 몇 발자국 떨어져서. 가끔 사람들이 우리 사이로 지나갔다.

둥둥 떠 있는 기분. 현실 같지 않았다.

집 근처 아파트 놀이터에서 멈췄다. 벤치는 햇볕이 고인 쪽은 데워져 따뜻했고 그늘진 쪽은 차가웠다. 알록달록한 옷을 입고 놀이터를 채운 어린 아이들, 순서를 가리지 않고 한꺼번에 피어난 희고 노랗고 붉은 꽃들.

신우는 몇 번이나 입을 열었다 닫았다. 고르고 골라서 나온 말은, 과거 아닌 현재의 이야기.

"외국 온 거 같다. 길 잃어버리면 집에 못 갈 거 같은데."

"알아. 나도 그 동네 가면 그래."

"몰랐어."

신우가 낮은 목소리로 말했다. 그렇지, 내가 말하지 않았으니까. 그래도 네가 알아주기를 바랐어. 그래야 완벽한 거라고 생각했나봐. 겉모습에 숨겨진 '진짜' 나를 신우가 알아봤다고 생각했다. 나 또한, 다른 사람은 모르는 진짜 신우를 알아봤다고, 그래서 우리가 서로에게 특별해진 거라고 생각했다.

"아까 누나 딱 보는데, 무섭더라. 나 모른 척 하고 갈까 봐."

장난스러운 너의 말투가, 이제는 여러 색깔로 읽힌다. 친근함. 두려움. 자기 방어. 겉과 속을 나누지 않고, 있는 그대로, 전체로서의 너. 그런 너를 이제야 알 것 같다.

"어떻게 그래. 아는 앤데."

"우와, 말하는 것 좀 봐. 진짜 무섭게 말한다. 내가 그냥 아는 애야? 어?"

신우가 팔을 툭 치고는 곧바로 손을 뗐다. 조심하고 있구나, 느꼈다.

달라졌어. 예전처럼 편히 웃을 수는 없을지도 몰라. 실망하고, 판단하고 질투하기도 하겠지. 또 어긋날까 봐 걱정하며 눈치를 보게 될 거야.

그런데 말이야, 변함없고, 영원하고, 모든 걸 안다는 것은 없는 것과 같다고 했었잖아. 그럼 이렇게 자꾸 변하고, 영원할 리 없고, 알지 못해 막막하다면, 정말 있다는 뜻 아닐까. 신이, 사랑이.

벅찼다. 하아, 길게 숨을 내쉬었다. 신우가 돌아보았다. 웃을지 말지 망설이는 얼굴, 내가 웃자 비로소 웃는다. 약간의 의문을 담은 채로.

네가 본 나 또한 그런 걸까. 이렇게 엉망진창이고 일그러진 나를 알면서도 다가온 거라면.

"나는…… 아무래도 신은 있는 것 같아."

아니, 있었으면 좋겠다. 한쪽 눈이 없는 신. 한쪽 귀가 먼 신. 한쪽 손이 짧아 잡은 것을 계속 놓치는 신. 그럼에도 계속 붙잡는 신.

"상관없어, 아무래도."

신우는 웃음기 없는 얼굴로 말했다.

서늘한, 그러나 몇 점의 온기를 품은 바람이 불고, 머리카락이 눈가를 스치고, 아이들의 웃음소리가 바람에 실려 아득해졌다. 우리는, 인간이 되어, 봄 속에 앉아 있었다.

완연한 봄이었다.

작가의 말

이 이야기들의 시작은 이렇다. 일단, 사랑 이야기를 써 볼까 하는 마음이 들었다. 간질간질하고 사랑스러운 그런 얘기들 말이다.

쓰고 나니 애매했다. 이게 정말 사랑 이야기일까? 로맨스를 써 보려 했는데 나온 결과물은 왜 이럴까.

그래, 이게 나다. 처음부터 연애 사건이나 관계의 발전에는 큰 관심이 없었다. 대신 아주 평범한, 아무것도 일어나지 않는 것처럼 보이는 이야기를 써 보고 싶었다.

겉으로는 다를 게 없는 똑같은 하루, 늘 가는 길을 걷고 항상 하는 일을 한다. 그러나 속에서는 얼마나 많은 것들이 파도처럼 밀려오고, 우박처럼 떨어지고, 태풍처럼 몰아치는가.

햇살이 유난히 눈부시고 바람이 쉼 없이 부는 날, 홀로 걷는 길에 뒤따라오는 그림자들과 어지러이 흩어지는 빛.

눈으로는 확인되지 않고 손끝으로만 겨우 만져지는 가느다란 틈과 결.

어렴풋이 기억나는 노래와 언어로 수렴되지 못한 감정들.

그런 것들도 사랑이라고 부를 수 있다면.

「세 가지 소원」은 더운 여름날, 남의 눈에 띄지 않는 흡연 구역을 찾아 헤매는 고등학생 커플의 이야기에서 출발했다.

「혼돈의 일곱 번째 구멍」에 나오는 혼돈 이야기는 안동림 번역의 『장자』에서 인용했다. 『장자』에서 내가 가장 좋아하는 부분으로, 혼돈을 지키는 것은 존엄을 지키는 일과 맞닿아 있다고 생각한다.

「에이와 삐」는, 그 이야기를 말하는 방식에 핵심이 있다. 개인적인 경험이 가장 많이 반영된 작품이기도 하다.

「가방에 담아요, 마음」에서처럼 몇 해 전 한겨울 밤에 한강 다리를 걸어 건넜다. 그 바람과 추위는 도리어 따뜻한 기억으로 남아 있다.

「무신론자의 연애」에서 신우가 보여준 시는 미국의 시인 앨런 긴즈버그(Allen Ginsberg)의 시 '노래(Song)'의 일부분이다. 『울부

짖음 그리고 또 다른 시들 (Howl and othe poems)』에 실려 있다.

전혀 다른 색깔과 의미로 해석되고 맞춰질 수 있었던 이 조각들을, 사랑 이야기로 엮을 수 있어서 다행이다. 예전 같으면 사랑에 대해 쓸 엄두조차 내지 못했을 것이다. 사랑의 순간들을, 그 조각들을 발견하지 못했더라면.

사랑에 대해 쓸 동기를 부여해 준 남편과 다섯 살 은효에게 한 아름의 고마움을 전한다.

2017년 10월
김혜진